edition suhrkamp 2490

Das Stück spielt in »Dänemark«, also »hier«, im Biotop staatspolitischer Fäulnis. Die Politik hat abgedankt, die Politiker haben keine Macht mehr, sondern nur noch ihre Ämter. Die Figuren, der hilflose Regierungschef, der besessene Vize, der demagogische Oppositionsführer, der ehrgeizige gescheiterte Shakespeare-Schauspieler, der in die Politik gewechselt ist, aber auch einen Politiker nicht glaubhaft darstellen kann, sie alle tragen die Namen jener dänischen Fußballer, die die Europameisterschaft gewonnen haben. Es ist das erste Stück, in dem lauter »Europameister« spielen. Aber sie meistern Europa nicht. Sie lassen sich in politische Verantwortung wählen – um dann, lethargisch oder eitel, ihre Verantwortung auf die »Sachzwänge« abzuwälzen. Ein politischer Fieberkopf, der die politischen Phrasen mit dem verwechselt, was sie einst bedeutet hatten, plant ein Attentat. Aber was ist ein politischer Mord, wenn die Politik längst tot ist? Ein historisches Zitat? Eine Farce? Vielleicht ein Märchen? Obwohl sie schon gestorben sind, leben sie noch immer.

Robert Menasse, geboren 1954 in Wien, studierte Germanistik, Philosophie und Politikwissenschaft in Wien, Salzburg und Messina. Er lebt als Romancier und Essayist in Wien und Amsterdam. 2001 erschien sein Roman *Die Vertreibung aus der Hölle* (st 3493), 2005 *Das war Österreich. Gesammelte Essays zum Land ohne Eigenschaften* (st 3691) und 2006 *Die Zerstörung der Welt als Wille und Vorstellung. Frankfurter Poetikvorlesungen* (es 2464).

Foto: Marko Lipuš / www.literaturfoto.net

Robert Menasse
Das Paradies der Ungeliebten

Ein Schauspiel

Suhrkamp

edition suhrkamp 2490
Erste Auflage 2006

Originalausgabe

Druck: Druckhaus Nomos, Sinzheim
Umschlaggestaltung nach einem Konzept
von Willy Fleckhaus und Rolf Staudt
Printed in Germany
ISBN 3-518-12490-0
ISBN 978-3-518-12490-1

1 2 3 4 5 6 – 11 10 09 08 07 06

Das Paradies der Ungeliebten

Personen:

PETER SCHMEICHEL, Führer der rechtspopulistischen Partei LdU
ACHMED, Schmeichels Haushälter
BRIAN LAUDRUP, Journalist, Herausgeber der Zeitschrift »Agora«
TORBEN FRANK, Laudrups Freund und Redakteur der »Agora«
CLAUS CHRISTIANSEN, Vizekanzler und Parteivorsitzender der Christlichsozialen
DR. PIA PIECHNIK, Büroleiterin von Vizekanzler Christiansen
FLEMMING POVLSEN, Kanzler und Parteivorsitzender der Sozialdemokraten
HANNI VILFORT, seine Sekretärin
HENRIK ANDERSEN, Berater des Kanzlers
KIM CHRISTOFTE, Laudrups Schwiegervater
LARS OLSEN, ehemaliger Schauspieler, Abgeordneter der Christlichsozialen
MØLLER NIELSSEN, Polizeipräsident

Ein alter Mann, eine Frau, zwei Kinder, Fotograf mit Assistenten, Polizisten, Passanten, Bettler, Volk

Das Stück spielt in »Dänemark«

Dauerregen

1. Szene

Peter Schmeichel, Achmed. Schmeichels Haus.

PETER SCHMEICHEL *mit nacktem Oberkörper; nimmt eine Pistole von einem Tisch, wiegt sie in der Hand; ruft* Achmed! *Nimmt eine Patrone, betrachtet sie.* Einführen! Und man ist schmerzfrei! *Lädt die Pistole; zielt auf eine Scheibe; erblickt sich seitlich in einem großen Spiegel, beobachtet sich, wie er die Waffe langsam sinken läßt und wieder hebt, übt zwei, drei Varianten des Anlegens und Zielens, während er sich im Spiegel selbst beobachtet.* Achmed! Anziehen!

ACHMED *tritt auf* Ohh! Sie sollten was nehmen oben, Monsieur. *Geht zum Schrank, nimmt einen Gehörschutz aus einer Lade, setzt ihn Schmeichel auf.* Sonst werden Sie taub. Hören nicht mehr Volkes Stimme. Wen wollen Sie jetzt treffen?

PETER SCHMEICHEL Vizekanzler Claus Christiansen! *Schießt.*

ACHMED Also konservativer Anzug, Krawatte.

PETER SCHMEICHEL Was?

ACHMED *schreit.* Konservativer Anzug. Krawatte.

PETER SCHMEICHEL Nein. Heute ist doch dieses Tennisturnier. Prominente spielen zugunsten der Hochwasseropfer. Keine Krawatte. Informell.

ACHMED *untersucht die Zielscheibe.* Lässig! Mitten ins Schwarze!

PETER SCHMEICHEL *nimmt den Gehörschutz ab.* Achmed, du kannst doch Dänisch!

ACHMED Dänisch, Französisch, Englisch und Muttersprache, Monsieur!

PETER SCHMEICHEL Eben! Was ist im Dänischen der Unterschied zwischen Wohltätigkeit, Benefiz und Charity?

ACHMED Kein Unterschied, ist nur nicht alles dänisch!

PETER SCHMEICHEL Der Unterschied ist: Charity sagen die Sozis. Die Christlichsozialen sagen Benefiz. Also was soll ich anziehen zu der Wohltätigkeitsveranstaltung?

ACHMED Lässig. – Tennis mit Vizekanzler. Spielen Sie mit ihm oder gegen ihn?

PETER SCHMEICHEL Mit ihm. Ich werde ein bißchen nachhelfen bei der Auslosung.

ACHMED Seit wann wollen Sie Zweiter werden? Vizekanzler Christiansen wird immer Zweiter. *Geht zum Schrank, nimmt drei, vier Hosen auf Kleiderbügeln heraus, betrachtet sie, hängt sie wieder zurück.*

PETER SCHMEICHEL Heute nicht. Das wird er jetzt lernen: Mit mir im Doppel ist er unschlagbar. *Hebt die Waffe, schießt.*

ACHMED *geht mit einer Hose über dem Arm zur Zielscheibe.* Ich sehe nicht mehr schwarz. Sie haben es weggeschossen. *Bringt Schmeichel die Hose.* Weiße Hose für weißen Sport, Monsieur. Lässig, und doch klassisch.

PETER SCHMEICHEL *zieht seine Hose aus, zieht die weiße Hose an, betrachtet sich im Spiegel.* Weißt du, was der Kanzler unlängst zu mir gesagt hat?

ACHMED Kanzler Lemming?

PETER SCHMEICHEL Achmed! Er heißt Flemming. Flemming Povlsen.

ACHMED Ja, Monsieur.

PETER SCHMEICHEL Notier das für meine nächste Rede. Die Sozis sind Lemminge, angeführt von Lemming Povlsen. Sehr gut. – Sagt er also zu mir: Früher habe ich auch so ein Waschbrett da vorn gehabt, aber dann habe ich es rausgenommen – es hat mich beim Sitzen gestört. – So ein Idiot!

ACHMED Ja, Monsieur.

PETER SCHMEICHEL Konnte sich kaum halten vor Lachen. Es fehlte nur noch, daß ihm die Hemdknöpfe aufgesprungen sind. Welches Hemd, Achmed?

ACHMED Idiot, Monsieur. Wird fett und sein Gesicht wird immer roter vom Rotwein, aber rote Fahne wird immer bleicher und blasser, bald ist sie so weiß wie die Fahne, wenn man sich ergibt.

PETER SCHMEICHEL *lacht.* Notier das, Achmed. Nein, nicht dieses Hemd, das ist doch viel zu förmlich. Lieber ein Polo-Shirt.

ACHMED Nein, Monsieur. Ist nicht förmlich. *Hilft ihm ins Hemd.* Nicht mit Schalkrawatte. Sehen Sie, jetzt der Seidenschal, so, Moment, so! Und drüber den Blazer mit dem Blockstreif. *Holt den Blazer.* Das Kanzler kommt auch? *Hilft Schmeichel in den Blazer, richtet noch einmal die Schalkrawatte.* Na?

PETER SCHMEICHEL Der Kanzler, Achmed, es heißt: Der Kanzler. Obwohl – Ja, er kommt auch.

ACHMED Tasche mit Tennissachen stelle ich ins Auto.

PETER SCHMEICHEL Ist gut. *Betrachtet sich im Spiegel, nimmt dann die Waffe, legt an.* So, Herr Vizekanzler, lieber Freund Christiansen! Wir haben *ein* Ziel, und *ich* werde es treffen. – Achmed!

ACHMED *geht ab.*

PETER SCHMEICHEL Achmed! Die Schuhe! Welche Schuhe!

ACHMED *kommt zurück.* Die Penny-Loafers? *Setzt ihm den Gehörschutz wieder auf.*

PETER SCHMEICHEL Nein! Du weißt, ich hasse sie. Die sind – für Kinder, die sind einfach nicht trittfest.

ACHMED Dann schlage ich vor die zweifarbigen Half-Brogues. Sind genagelt. Da können Sie gut treten, Monsieur! Ihre Gutgeh-Schuh!

PETER SCHMEICHEL *zielt, schießt*

Achmed nimmt die Schuhe aus dem Schrank, stellt sie Schmeichel hin. Schmeichel betrachtet sich im Spiegel, posiert. Dann setzt er sich und zieht die Schuhe an.

ACHMED Wenn der Vizekanzler das Turnier mit Ihnen gewinnt, wird er Hände falten und sagen Danke – Lieber Gott! *Grinsend ab.*

PETER SCHMEICHEL *nimmt den Gehörschutz ab.* Was?

2. Szene

Brian Laudrup, Herausgeber der Zeitschrift »Agora«, sein Mitarbeiter Torben Frank. Laudrups Zimmer in der Redaktion. Ein Sandsack für Box-Training.

TORBEN FRANK Sie haben ihm die Hände zertrümmert.

BRIAN LAUDRUP Hände zertrümmert? Wem?

TORBEN FRANK Ich rede von Morten. Von unserem Kollegen Morten Bruun!

BRIAN LAUDRUP Morten? Die Hände gebrochen? Wie hat er sich –

TORBEN FRANK Er liegt auf der Intensivstation. Ich komm gerade von dort.

BRIAN LAUDRUP Was erzählst du da?

TORBEN FRANK Morten ist nicht vernehmungsfähig. Es ist ein Glück, daß er lebt. Oder ein Pech. *Schlägt Laudrup die Hand auf die Stirn.* Geht es jetzt langsam da hinein? Morten! Im Koma! Begreifst du? Koma – das Wort sagt dir etwas? Ja? So! Und jetzt vergiß dein Stretching nicht! Sonst bekommst du womöglich noch eine Muskelverkürzung. *Will gehen.*

BRIAN LAUDRUP He! Warte! Das ist doch –

TORBEN FRANK Ja. Weißt du, was Morten recherchiert hat? Gestern hat er mir noch aufs Handy gesagt: Titelgeschichte! Er will Cover und fünf Seiten, hat er gesagt! Und jetzt: Intensivstation.

BRIAN LAUDRUP Hör auf zu schreien!

TORBEN FRANK Ich habe Angst.

BRIAN LAUDRUP Ich auch. Ich. Auch. Okay? Wann ist das passiert?

TORBEN FRANK Gestern abend.

BRIAN LAUDRUP Gestern abend hatte ich ein Gespräch mit der Gewerkschaft, Öffentlichkeitsarbeit, mit diesem Jensen. Er hat unsere Zeitung – mit einem Schlag ... Aber Morten –

TORBEN FRANK Ja. Aber was hat dieser Gewerkschafter damit zu tun?

BRIAN LAUDRUP Sie zahlen nicht mehr. Ende der Zeitschrift. Wir sind pleite.

TORBEN FRANK –

BRIAN LAUDRUP Keine Finanzierung mehr. Weder direkt noch über Inserate. Pleite. Komm, wir fahren ins Spital. Ich muß Morten sofort sehen.

TORBEN FRANK Vergiß es. Wir können im Moment gar nicht zu ihm.

BRIAN LAUDRUP Koma? Scheiße! *Schlägt mit der Rechten auf den Sandsack.* Scheiße! *Mit der Linken.* Scheiße! *Betrachtet seine Hände.* Zertrümmert? Diese Schweine! *Schlägt ein paarmal auf den Sandsack.* Faschistische Schweine!

TORBEN FRANK Oder Rowdies. Das wird sich noch herausstellen.

BRIAN LAUDRUP Rowdies! Ja? Du weißt, daß Morten in der Schmeichel-Partei recherchiert hat? Und genau da wird er rein zufällig von unpolitischen Rowdies zusammengeschlagen, denen gerade langweilig war? Ja, das wird sich herausstellen – wie vor ein paar Wochen, als der jüdische Friedhof geschändet worden ist. Da hat sich auch herausgestellt: die Tat hatte keinen politischen Hintergrund. Sagt die Polizei.

TORBEN FRANK Es ist auf der Straße passiert. Morten kam aus einem Gasthaus. Wir wissen noch nicht, wen er dort getroffen hatte. Die Gewerkschaft. Was hat der Typ gesagt?

BRIAN LAUDRUP Die sagen ja nichts mehr. Die streichen nur noch. Wir haben doch von den Sozialdemokraten über die Gewerkschaft diese Basisfinanzierung bekommen. Und die haben sie jetzt gestrichen. In den letzten Jahren haben sie schon ihre Parteipresse eingestellt. Und wenn sie schon kein Propagandablatt haben, wollen sie auch kein Feigenblatt mehr. Diese geistig Nackten begreifen einfach nicht, wie dringend sie ein Feigenblatt brauchen. Sollen wir eingehen? Habe ich zu Jensen gesagt. Die neuen Rechtspopulisten in Europa. Ob ihm das bitte klar sei, was das bedeutet, habe ich zu Jensen gesagt. Die LdU, die Schmeichel-Partei, ob ihm die Gefahr bewußt sei, habe ich ihn gefragt. Gerade jetzt, wo Peter Schmeichel gelbe Gewerkschaften gründen will, jetzt, da er nach der Macht im Staat greift, gerade jetzt, im Kampf gegen den neuen Faschismus, können sie uns doch nicht auf den Misthaufen –

TORBEN FRANK Bitte, Laudrup! Die LdU ist populistisch, aber du darfst nicht überall Faschismus –

BRIAN LAUDRUP Darf ich nicht. Aha! Ich darf also nicht? Jetzt darf ich dies nicht, bald darf ich jenes nicht, dann – *schlägt schreiend den Sandsack* – gar nichts mehr, aber es ist kein Faschismus? Und Morten Bruun? Ins Koma geprügelt, ganz demokratisch oder was!

TORBEN FRANK Wir wissen noch nicht, wer es getan hat.

BRIAN LAUDRUP Vielleicht waren wir für die Sozialdemokraten nur ein Feigenblatt. Aber ein Feigenblatt verdeckt nicht nur etwas Nacktheit, es zeigt auch die Scham, die der Nackte empfindet. Und jetzt steht der Nackte saturiert da im Pelzmantel und sagt: Ist eigentlich wärmer als so ein Blatt! *Macht einige wütende Schläge gegen den Sandsack.* Aber der Schmeichel wird ihnen, uns allen das Fell über die Ohren ziehen – und dann?

TORBEN FRANK Wir müssen jetzt ruhig reden! Kannst du bitte damit aufhören?

BRIAN LAUDRUP Ich muß das machen! Sagt mein Therapeut. Wegen meiner Aggressionen. Seit ich dieses Ding da hängen habe, geht es mir wirklich besser. Eindeutig. *Umarmt den Sandsack, läßt sich an ihm abrutschen, gleitet zu Boden.*

3. Szene

Lars Olsen, zu Hause.

LARS OLSEN *einige Blatt Papier in der Linken, einen Bleistift in der Rechten.* Wer wollte nicht der bedankte Gott einer Schöpfung sein, die so erschöpft ist, daß sie nicht einmal mehr Verdacht schöpfen kann? Wohl nur einer, der allergisch gegen Weihrauch ist! Ja, die Menschen sind Bauchrednerpuppen, die sich freuen, wenn der Bauchredner ihnen ein »Nein!« in den Mund legt. Onanisten, Sadisten, Choristen, Puristen, Parasiten, Sodomiten, Transvestiten, Konvertiten, Querulanten, Dilettanten, Ignoranten, Ministranten – sag ihnen, daß sie zündeln sollen, und sie zünden dir den Weihrauch an. Mein Dänemark! Ich habe deine Sitten durchaus studiert wie eine fremde Sprache. Doch diesen Wortschatz will ich jetzt begraben. Faschisten? Doch nur ein Wort! Rechtsruck? Eine choreographische Anweisung auf der politischen Bühne – uuund reeechts Ruck! Linkszweidrei. *Geht auf und ab, dabei in seinen Papieren blätternd.* Rollenstudium! Wie in alten Zeiten. Jetzt endlich eine große, meine größte Rolle – die will perfekt einstudiert sein. *Setzt sich, macht eine Unterstreichung.* Regel eins für Fernsehinterviews: Beantworte nie eine Frage, sondern sage sofort, was du sagen willst! Die richtigen Fragen folgen dann automatisch! *Setzt ein freundlich konzentriertes Gesicht auf, fingiert Zuhören, nickt zweimal.* Ich habe mich vom Nationaltheater beurlauben lassen, um auf einer größeren Bühne eine Rolle zu spielen, auf der Bühne des Folketing, des Parlaments. Und von dort auf die größte Bühne des Landes: in die Regierung. *Lächelt, senkt den Blick wieder auf die Papiere, macht eine Unterstreichung.* Regel zwei: Wende dich der Person, die das Interview führt, konzentriert zu, sprich sie mit ihrem Namen an, damit schaffst du eine komplizenhafte Einigkeit mit dem Medium. Bei einem Kamerawechsel aber von der Totale zur Stirnkamera, schaue sofort in die Kamera, um deine zentrale Botschaft direkt an die Zuschauer zu richten! *Beugt sich vor.* Natürlich ist es beglückend, Frau Krogh, Kultur zu machen, aber noch reizvoller erscheint es mir heute, alles für die Kultur zu machen, Anwalt der Kultur zu sein, mit all meinen Erfahrungen als Kulturschaffender. *Hebt den Kopf, neigt ihn etwas nach links, schiebt das Kinn vor.* Mir geht es vor allem um die Erweiterung des Kulturbegriffs! – Nein! Das muß ich griffiger sagen, pointierter! – Ich habe Shakespeare gespielt. Den Coriolan. – *Notiert.* Wichtig! An dieser Stelle vereinbaren: Einspielen von Clip Ich im Coriolan! – Ich werde Ihnen ein Geheimnis verraten, Frau Krogh, – Ja! Das ist gut: Ein Geheimnis verraten! – Mein Ehrgeiz war nie, gut zu spielen, nein, mein Ehrgeiz war – mein Ehrgeiz war – mein Ehrgeiz war ja: dem Schicksal ein Gesicht, der Wahrheit – der menschlichen Wahrheit einen Körper zu geben. Der Schauspieler spielt nicht, der Schauspieler ist – der Ausdruck der Wahrheit. Ja. So! Wahrheit! *Macht eine Notiz.* Und deshalb, Frau Krogh, bin ich – jetzt direkt in die Kamera! – bin ich als Schauspieler ein authentischer Politiker für die Menschen! – Ja! – Sehr gut! – Warum bei den Konservativen? Nun – *beugt sich vor, fingiert Zuhören, lächelt, nickt.* Ja, Frau Krogh, Sie haben recht: Bisher haben sich Künstler immer nur bei den Sozialdemokraten engagiert, das stimmt. Aber warum? Weil sie eine Verbesserung der Situation nur für die Künstler selbst wollten. Sozialdemokratische Politik ist im Grunde gewerkschaftliche Interessenspolitik. Sie engagierten sich für mehr Subventionen, mehr Stipendien, mehr Geld für die Kunst. Aber ich bin in der Politik kein Vertreter für meine Künstlerfreunde, sondern für die Kunst. Und das größte Kunstwerk ist der Mensch. – Notieren! Da werden sich die Linken anmachen, ha! Das größte Kunstwerk ist der Mensch! *Macht eine Notiz.* Was noch? Vereinbarungen. Erstens: Einspielung Ich als Coriolan. Klar. Zweite Einspielung: Ich als Punksänger. Bei Stichwort Erweiterter Kulturbegriff. *Steht auf, nimmt ein fiktives Mikrophon in die Rechte, stößt die Linke in die Höhe.* Feministen, Publizisten, Stalinisten, Zivilisten / schnallt euch an, haltet euch fest / Jetzt seid ihr dran, jetzt kriegt ihr den Rest / Wir scheuern euch die Gehirne klar / so kla-ha-har wie unsichtbar / Globaler Wahnsinn von früh bis spät / die Macht macht in der Nacht, daß er noch steht / Der Mensch ist schlecht, die Schlächter siegen / und ist dann erst die Hölle los / dann kommst auch du auf meinen Schoß / Duuu! Wos glüht und brennt! – Und willst mich lieben! *Ab. Nach dem Abgang noch einmal kurz zurück.* Mich! Lieben! *Ab.*

4. Szene

Brian Laudrup, Torben Frank. In der Redaktion

Laudrup und Frank sitzen am Computer.

BRIAN LAUDRUP Schmeichel im Nadelstreif, als Redner im Parlament. Schmeichel mit nacktem Oberkörper, motorbootfahrend. Schmeichel mit Lederjacke im Porsche. Schmeichel in traditioneller Tracht bei einem Volksfest. Und?

TORBEN FRANK Jetzt klick den Link »Aktionen« an.

BRIAN LAUDRUP »Privilegienabbau statt Sozialabbau«.

TORBEN FRANK Geh auf »Nächste«.

BRIAN LAUDRUP »Dichte Grenzen gegen Dealer«.

TORBEN FRANK Nächste. So, noch einmal Nächste.

BRIAN LAUDRUP »Freie Medien für freie Bürger«.

TORBEN FRANK Öffnen!

BRIAN LAUDRUP *liest, murmelt.* Na und? Das kennen wir doch alles. Das Fernsehen von Linken unterwandert, alle Zeitungen im direkten Einflußbereich der traditionellen Interessengruppen, und da – was ist das? Lügenliste, eine Auflistung aller angeblichen Falschmeldungen, die über den armen Schmeichel verbreitet worden sind –

TORBEN FRANK Geh ans Ende. Letzter Satz!

BRIAN LAUDRUP »Hier wird es mit neuen gesetzlichen Bestimmungen nicht getan sein!« Ja, und?

TORBEN FRANK Da bin ich stutzig geworden. Wenn eine Partei sagt, sie will nicht nur andere Gesetze – ja, was will sie denn sonst? Andere Medien! Ja gut.

Aber wird ein Kanzler Schmeichel alle Zeitungen verbieten und neue gründen? Wohl kaum. Wie denn?

BRIAN LAUDRUP Na ja, er wird versuchen, Journalisten einzuschüchtern. Hat er ja angekündigt! Wenn er regiert, hat er gesagt, wird in den Redaktionsstuben nicht mehr so viel gelogen werden ... Das ist doch Gequatsche.

TORBEN FRANK Einschüchtern, ja. Gequatsche? Vielleicht doch nicht. Ich habe mir gedacht, vielleicht ist das eine Ankündigung, die viel konkreter ist, als wir denken. Vielleicht lesen das Eingeweihte ganz anders als wir, verstehen sofort etwas, das wir nicht verstehen. Was steht ganz am Ende?

BRIAN LAUDRUP Ein Kürzel. Es Ce Ha Punkt Es Te Punkt. Ein gewisser Sch. St. Wird das geschrieben haben ...

TORBEN FRANK Ja, vielleicht. Aber gib jetzt ein: www.sch.st.dk – und?

BRIAN LAUDRUP SchSt! – Das ist doch ... ! *Legt den Zeigefinger auf die Lippen, sagt ein paarmal* Sch! St! *als wollte er um Stille bitten.* Das ist doch – obszön! Sch! St! Schutz Staffel.

TORBEN FRANK Und was steht da unter »Aktionen«?

BRIAN LAUDRUP »Aktion Pianist«. *Klickt, liest.* »Sie sitzen in ihren Redaktionen, schlagen auf ihre Tastaturen und produzieren eine Kakophonie wie Negermusikanten an ungestimmten Pianos. Es wäre eine patriotische Tat, ihnen die Finger zu brechen. Wir wehren uns. Schutz Staffel«. *Greift sich an die Stirn.* Und das alles ist ganz Pst! Ganz SchSch! Klick Klick, und die Finger sind zertrümmert. Ganz mucksmäuschenstill! So leise wie eine Maus. *Klickt weiter.* Sch! St! Und keiner hört hin! *Er lehnt sich zurück, massiert sich die Augen.*

TORBEN FRANK Ich fürchte, daß du recht hast, was Morten betrifft. Nur: Es ist kein Beweis. Ein Kürzel unter einem Text auf der Schmeichel-Homepage, und zufällig dieselbe Buchstabenkombination als Netz-Adresse von Rechtsradikalen – das beweist nichts.

BRIAN LAUDRUP Kein politischer Hintergrund, sagt die Polizei. Und was machen wir jetzt?

TORBEN FRANK Wir müssen an Mortens Material heran. Was hat er recherchiert? Ist die nächste Nummer noch finanziert?

BRIAN LAUDRUP Ja. – Sag! Warum ist das kein Skandal?

TORBEN FRANK Weil es die Realität ist.

BRIAN LAUDRUP Und warum leben wir noch?

TORBEN FRANK Weil es nur ein Teil der Realität ist.

5. Szene

Kanzler Flemming Povlsen, Hanni Vilfort, seine Sekretärin, später sein Berater Henrik Andersen. Im Kanzleramt.

FLEMMING POVLSEN *an seinem Schreibtisch, trinkt Rotwein, schenkt sich nach. Trinkt. Hebt den Telefonhörer ab, zögert, legt wieder auf. Steht auf, geht zum Fenster, sieht hinaus. Streckt sich, massiert seine Lendenwirbel. Setzt sich wieder an den Schreibtisch. Bedient die Gegensprechanlage.* Frau Vilfort, könnten Sie bitte kommen? Zum Diktat. Wären Sie so lieb?

HANNI VILFORT *kommt herein, setzt sich mit einem Stenoblock Kanzler Povlsen gegenüber.* Brief, Herr Bundeskanzler?

FLEMMING POVLSEN Ja.

HANNI VILFORT An wen?

FLEMMING POVLSEN An wen? Später. – Ich liebe Sie!

HANNI VILFORT Wie bitte?

FLEMMING POVLSEN Schreiben Sie das: Ich liebe Sie, Ausrufezeichen. Ein Privatbrief, verstehen Sie? Ich will nicht, daß das wer anderer sieht. Alles klar?

HANNI VILFORT Alles klar. Ich liebe Sie!

FLEMMING POVLSEN Gut. Weiter. Natürlich liebe ich Sie nicht. Vielleicht noch nicht. Ich verwende dieses große Wort, weil ich so große Sehnsucht danach habe. Haben Sie das?

HANNI VILFORT Danach habe. Ja. Wonach haben Sie Sehnsucht? Danach, ein großes Wort zu verwenden?

FLEMMING POVLSEN Nein, nach Liebe natürlich.

HANNI VILFORT Also schreiben wir besser: weil ich so große Sehnsucht nach diesem Gefühl habe.

FLEMMING POVLSEN Ja, das ist besser. Gefühl! Weiter: Ich sehe meine Frau kaum noch, und wenn ich sie sehe, dann ist sie mir fremd. Sie hat ihr Leben, und ich habe meines – nicht.

HANNI VILFORT Ich habe meines – und dann »nicht« im Sinn von »nicht wahr?«

FLEMMING POVLSEN Ich habe meines nicht. Das sehen Sie doch! Hab ich ein Leben? Verdammt noch einmal! Ich habe meines Gedankenstrich nicht!

HANNI VILFORT Gedankenstrich. Nicht.

FLEMMING POVLSEN Ja. Weiter: Deshalb habe ich beschlossen, mich von meiner Frau zu trennen, genauso wie es ihr Reitlehrer tut.

HANNI VILFORT Der Reitlehrer will sich auch von Ihrer Frau trennen?

FLEMMING POVLSEN Er trennt sich nicht von meiner Frau. Er trennt sich von seiner Frau. Und ich trenne mich auch –

HANNI VILFORT – von seiner Frau? Nein, nein, war nur ein Scherz, Herr Bundeskanzler. Ich verstehe schon. Also er trennt sich von seiner Frau, und Sie trennen sich von Ihrer Frau, richtig?

FLEMMING POVLSEN Ja. Also schreiben Sie vielleicht so –

HANNI VILFORT Ja. Das formuliere ich dann schon.

FLEMMING POVLSEN Vielleicht wollen Sie gleich den ganzen Brief alleine formulieren! Schreiben Sie mir einen Liebesbrief, einen perfekten unwiderstehlichen Liebesbrief. Schreiben Sie einen Brief, der Sie verführt.

HANNI VILFORT Sie? Ich kenne sie ja nicht.

FLEMMING POVLSEN Sie kennen mich nicht?

HANNI VILFORT Nein, sie, die Frau, um die es geht, die kenne ich nicht!

FLEMMING POVLSEN Sie kennen sich nicht?

HANNI VILFORT Ich mich?

FLEMMING POVLSEN Ja, Sie!

HANNI VILFORT Sie meinen mich, ich soll einen Brief schreiben, mit dem ich mich verführe?

FLEMMING POVLSEN Nein, mit dem ich Sie verführe! Schreiben Sie: Vielleicht ist es noch nicht Liebe, aber es ist Begehren. Sehnsucht, verstehen Sie? Ich habe mehr mit Ihnen, als mit meiner Frau. Zu tun. Verstehen Sie? Daraus kann Liebe werden, kann, muß. Wenn ich jeden Tag Ihre Dings sehe – welches Wort würden Sie verwenden für –

STIMME AUS DER GEGENSPRECHANLAGE Herr Andersen ist gekommen. Kann ich ihn reinschicken?

FLEMMING POVLSEN Ja. Nein. Eine Minute!

HANNI VILFORT *steht auf und läuft aus dem Zimmer.*

FLEMMING POVLSEN Henrik! *Steht auf.* Jobs, Jobs, Jobs. *Geht zum Fenster.* Unsere Kernkompetenz, ja ja, Henrik, ich habe geübt: Jobs Jobs Jobs! *Schaut aus dem Fenster.* Jetzt fahren sie alle von der Arbeit nach Hause, mit den Sicherheitsgurten über ihren Bäuchen oder mit den Händen an den U-Bahn-Haltegriffen. *Schenkt sich Wein nach, trinkt.*

HENRIK ANDERSEN *tritt ein.* Hallo Flemming! Wie gehts?

FLEMMING POVLSEN Hallo Henrik! *Macht einen runden Rücken, massiert seine Lendenwirbel, richtet sich ächzend auf.* Sag, kannst du dich an den letzten Tango in Paris erinnern? Den Film mit –

HENRIK ANDERSEN Dunkel.

FLEMMING POVLSEN Da gibt es doch diese Szene, wo Marlon Brando, damals noch ganz schlank – übrigens, bist du der Meinung, ich sollte abnehmen? Meine Frau sagt, ich bin schon völlig aufgeschwemmt, und – Okay, ich verstehe. Ich weiß es ohnehin selbst. Jedenfalls, die Szene, in der Marlon Brando zu Maria Schneider sagt, he, das ist ein Schwanz und kein U-Bahn-Haltegriff!

HENRIK ANDERSEN Hast du eine Depression?

FLEMMING POVLSEN – Ja. Steht sogar in der Zeitung. *Hält ihm die aufgeschlagene Zeitung hin.*

HENRIK ANDERSEN Depression! Ja. Da stehts! Aber das ist die Börse, worüber hier –

FLEMMING POVLSEN Ja, und ich bin der Kanzler.

6. Szene

Brian Laudrup in seinem Arbeitszimmer. Der alte Mann, die Frau, zwei Kinder.

BRIAN LAUDRUP *liest.* Nach den Erfahrungen der Weltgemeinschaft mit dem Krieg 1939 respektive 1942 bis 1945, nach den Erkenntnissen und Erfahrungen per dato recente mit Staatsterror, Massenmord und Genozid ... definiert in Völkerrecht § 761 Absatz 1 bis 4, ersichtlich etwa in § 17 GBDR, Bestimmungen zu Treueid, vulgo Befehlsnotstandsparagraph, § 361 des nämlichen Gesetzeswerks Absatz 2, Rassengesetz ... einzufügen als Absatz 3, sowie § 421, einzufügen nach Absatz 7, Kriegsverbrechen ... besondere Umstände ... folgende Bestimmung: Die Ermordung eines Diktators oder Tyrannen, sei er durch Putsch, Staatsstreich oder selbst durch demokratische Wahlen in Position eines Gesetzgebers gekommen, unterliegt nicht dessen ... von ihm in Terrorherrschaft selbst gegebenen ... Gesetzen, sondern dem Völkerrecht Notwehrparagraph. Seit 1. 1. 1947 immerwährender Bestand des Völkerrechts.

BRIAN LAUDRUP *schaut auf. Verwundert.* Wer sind Sie?

DER ALTE MANN *deutet auf das Buch.* Das haben Sie doch gesucht!

BRIAN LAUDRUP Ja.

DER ALTE MANN Der Generalsekretär der Vereinten Nationen bezeichnete diesen Beschluß als überfällige Rückkehr der modernen Demokratien zu ihren Wurzeln.

DIE FRAU Die Antike. Sie hat ihren Rettern noch gehuldigt. Den Tyrannenmördern Harmodios und Aristogeiton wurden Denkmäler errichtet.

DAS MÄDCHEN In der Schule lernen wir von den In-tyrannis-Stücken der Klassik.

DER JUNGE Mein Lehrer sagt immer: Der Hessische Landbote von Büchner ist wichtiger als der ganze Faust!

BRIAN LAUDRUP Sagt er das? Ich meine – Entschuldigen Sie, wo kommen Sie her, wer hat Sie reingelassen? Was –

DER ALTE MANN Die Tür war offen.

DIE FRAU Haben Sie uns nicht erwartet?

BRIAN LAUDRUP Wer sind Sie? Was wollen Sie?

DER ALTE MANN Mit Ihnen reden.

DIE FRAU Ihnen danken.

BRIAN LAUDRUP Reden? Danken? Worüber? Wofür?

DER ALTE MANN Ich sehe, was sich wiederholt!

DIE FRAU Ich sehe, was Sie tun.

DIE KINDER Wir haben Angst.

DIE FRAU Wir grüßen dich, Laudrup, der du dereinst ein Harmodios sein wirst.

DER ALTE MANN Der erste, dem nach dem Völkerrecht für Tyrannenmord gehuldigt werden wird. Gewaltverbrechen gegen Diktatoren unterliegen dem Notwehrparagraphen Absatz 9: Diese Bestimmung gilt nur bei Anschlägen und Attentaten auf physische Personen, welche Repräsentanten einer Partei sind, die ein totalitäres System durchgesetzt haben oder durchzusetzen im Begriffe sind, selbiges gilt aber nicht gegen Institutionen des Staates oder der Gesellschaft.

DIE FRAU Abgeleitet von diesem Paragraphen –

DER ALTE MANN – wäre ein Attentat auf Peter Schmeichel legal! Eine Kaufhausbrandstiftung allerdings, nur zum Beispiel, oder ein Bombenattentat auf ein Regierungsgebäude aber ein Gewaltverbrechen. Soweit definiert das Völkerrecht den Unterschied zwischen Befreiungsschlag und Terror. Zwischen legitimem Attentat und –

BRIAN LAUDRUP Attentat! Auf Schmeichel! Was soll das? He! Ist der Raum verwanzt? Ist das eine Falle? Hat –

DER ALTE MANN Die Falle ist Schmeichel!

DIE FRAU Und du weißt das!

BRIAN LAUDRUP Wer ist denn jemals, nach diesem Paragraphen, nach diesem angeblichen Paragraphen –

DER JUNGE Cumin gibt dir Stärke für eine schwierige Situation.

DAS MÄDCHEN Dill hilft dir, die Entscheidung zu treffen.

DER JUNGE Estragon gibt Mut.

DAS MÄDCHEN Wacholder motiviert. Du siehst die Notwendigkeiten klarer, deine Motive deutlicher, deine Ziele skrupelloser.

DER JUNGE Lorbeer –

DER ALTE MANN Wird dir gebühren. Wir sehen deine Zukunft!

DIE FRAU Sie rettet die unsere –

DIE KINDER Unsere! Lege die Kräuter in einen Mörser und zermahle sie mit einem Stößel. Verbrenne sie in einer Räucherschale.

DER ALTE MANN Du erkennst mich nicht. Ich bin der Mann, der 1940 auf Erik Scavenius geschossen hat. Der Anschlag ist fehlgeschlagen. Scavenius hat überlebt und dann das Land den Nazis ausgeliefert. *Die Kinder tanzen durch den Raum. Immer um Laudrup herum.*

DER JUNGE Denke an die Zahl Zwei!

DAS MÄDCHEN Die Zwei steht für die Verdopplung, die Wiederholung, aber auch für den Konflikt und die Trennung.

DER JUNGE Hier ist ein Amethyst. Er stärkt den Menschen, dem Freiheit über alles geht.

DAS MÄDCHEN Und ich bringe dir den Selenit: Er wehrt Schuldgefühle, Angst und Zweifel ab.

DER ALTE MANN Ich weiß: du bist bereit. Und du weißt: Das Völkerrecht. Es schützt dich. Demgegenüber das Edikt 22 der USA gegen ABC – das ist für dich ohne Belang!

BRIAN LAUDRUP ABC?

DER ALTE MANN Der Versuch der Vereinigten Staaten, nur jene als »Tyrannen« also als Kriegsverbrecher auch in Friedenszeiten zu definieren, die A Atomwaffen, B biologische oder C chemische Waffen produzieren. Aber: das wurde nie Völkerrecht. Also ist nach bestehendem Recht auch jener ein Tyrann, der den Rechtszustand mit Eisenröhren oder Baseball-Schlägern zertrümmert.

DIE FRAU Wir grüßen dich, Laudrup, der du der Retter Dänemarks sein wirst.

DER ALTE MANN Wir grüßen dich, Laudrup, dem dieser Kontinent Lorbeerkränze flechten wird!

DER JUNGE Du sollst ein Held sein –

DAS MÄDCHEN Du wirst ein Held sein. Wenn ich groß bin, werde ich Lehrerin. Ich werde den Schülern erzählen von deiner Heldentat.

DER JUNGE In den Fluß der Zeit steig ich hinein / will nicht zweimal derselbe sein / es soll nicht zweimal dasselbe sein / drum steig ich in den Strom der Zukunft rein. / Der Strom hat Schnellen, der Strom hat Gischt / aus zwei wird eins, und eins zerbricht!

DAS MÄDCHEN Das ist der Spruch, den du an der Räucherschale sagen sollst.

DER JUNGE Die Steine liegen da vor dir. Jeder Stein braucht eine Million Jahre, um zu werden, was er ist. Und eine weitere Million Jahre später ist er wieder verdampft.

DAS MÄDCHEN Aus Nichts wird das Härteste, aus dem Härtesten wird Nichts. In zwei Millionen Jahren.

DIE FRAU Fürchte dich nicht vor morgen.

DER ALTE MANN Ich habe auf Erik Scavenius geschossen. Du wirst den Wiedergänger treffen. Ich habe auf einen Menschen aus Fleisch und Blut geschossen, aber da floß kein Blut. Das sollte Geschichte sein. Du wirst schießen auf einen Geist – und es wird Blut fließen. Das wird den Geist zurückstoßen in die Geschichte!

DIE KINDER *kreischend.* Der Strom hat Schnellen, der Strom hat Gischt / aus zwei wird eins, und eins zerbricht!

Der alte Mann, die Frau und die Kinder ab.

BRIAN LAUDRUP *springt auf, läuft zur Tür, wieder zurück, steht schließlich da und nimmt die Brille ab, massiert seine Augen.* Eins? Zerbricht?

7. Szene

Peter Schmeichel, Achmed.

Schmeichel im Morgenmantel aus Seide, liest Zeitung, trinkt Tee.

ACHMED *eintretend.* Es ist Zeit, Monsieur.

PETER SCHMEICHEL Ja. Es wäre Zeit.

ACHMED *legt einen Brief auf den Tisch.* Dieser Brief für Sie ist gekommen ohne Marke, hier eingeworfen, steht groß »persönlich«, ist aber gecheckt. *Öffnet die Kleiderschränke, schreitet sie ab.*

PETER SCHMEICHEL *wirft die Zeitung auf den Boden, steht auf.* Hast du diesen infamen Artikel heute gelesen, ganz groß auf Seite drei?

ACHMED Artikel ist groß, weil das Foto groß ist. Kein anderer in der Politik hat so große Fotos, Monsieur. Sehr sehr schön, sehr sympathisch, und wie Sie da schauen, so weitblickend.

PETER SCHMEICHEL Ich befinde mich außerhalb des Verfassungsbogens, schreiben sie. Bröndby hat auf einmal entdeckt, daß er früher Verfassungsjurist war, bevor er Lakai von Christiansen wurde. Gibt ein Interview, sagt Verfassungsbogen, und wer drinnen ist und wer draußen, und schon schmieren sie die Zeitungen voll. Verfassungsbogen!

ACHMED *bringt eine Hose.* Für heute schlage ich vor Blue Denim. Kommt gut an beim Volk. Bogen, Monsieur, wer braucht einen Bogen, der nicht Indianer ist?

PETER SCHMEICHEL Sehr gut, Achmed! Notier das! *Zieht die Hose an.*

ACHMED Ihr Hemd, Monsieur. Armani. Feiner Cord.

PETER SCHMEICHEL *zieht das Hemd an. Betrachtet sich im Spiegel.* Ich weiß nicht, Achmed. Ich glaube, ich hätte lieber ein T-Shirt. Vor allem wenn ich dann die Lederjacke –

ACHMED Aber wir nehmen Sakko unter Lederjacke. *Geht zum Schrank.*

PETER SCHMEICHEL Was ist das überhaupt für eine Farbe?

ACHMED Schlamm, Monsieur.

PETER SCHMEICHEL Die Schmierer werden schreiben: ein blasses Braunhemd! Nicht im Verfassungsbogen.

ACHMED Werden das oder was anderes schreiben. Und die Menschen sehen das Foto. Ganz großes Foto. Hier das Sakko, Monsieur: Harris Tweed, Stoff heißen Heidemischung. Erdig, und doch edel.

PETER SCHMEICHEL *vor dem Spiegel sich drehend.* Ich weiß nicht. Ich bin heute so – *setzt sich.* Ich will – wieviel Zeit ist noch?

ACHMED In zehn Minuten ist das Volk besoffen. Dreißig Minuten, und es deliriert. Das Auto steht bereit.

PETER SCHMEICHEL Ist gut, Achmed. Zwanzig Minuten.

Achmed ab.

PETER SCHMEICHEL *starrt in die Luft. Dann steht er auf. Nimmt die Pistole.* Brauch ich einen Bogen? *Zielt. Lacht. Läßt die Waffe sinken. Hebt sie wieder. Sieht sich im Spiegel. Steht da mit angelegter Waffe, betrachtet sich von oben bis unten im Spiegel.* Achmed! Achmed! Verdammt! Die Schuhe! *Legt die Waffe weg und setzt sich, den Kopf in die Hände gestützt.*

ACHMED *eintretend.* Monsieur?

PETER SCHMEICHEL Achmed! Welche Schuhe? Immer vergißt du die Schuhe! Soll ich vielleicht barfuß gehen wie deine Kameltreiber zu Hause?

ACHMED Nein, Monsieur! Ich weiß, die Kameltreiber hier gehen mit Schuhen. *Geht zum Schrank, holt Schuhe, stellt sie vor Schmeichel hin.* Timberland. Sind richtige Böcke. Gut-Geh-Schuh für Sie, Monsieur. *Ab.*

PETER SCHMEICHEL *zieht die Schuhe an, richtet sich auf, sieht den Brief. Öffnet ihn, liest. Läßt die Hand mit dem Brief sinken.* Kinder! Was sind das für Kinder? *Geht zum Spiegel. Betrachtet sich. Studiert ganz knapp vor dem Spiegel sein Gesicht. Wirft wieder einen Blick in den Brief.* Als der Mann, der 1940 das Attentat auf Erik Scavenius versucht hatte, verhört wurde, antwortete er auf die Frage nach seinem Motiv: Weil der Staat das Gesicht seines Vaters habe! Der Staat – das Gesicht – des Vaters! – Das drückt! *Setzt sich, zieht den Schuh aus, streicht die Socke glatt, zieht den Schuh wieder an, steht auf, macht zwei Schritte, setzt sich wieder, zieht den Schuh aus, zieht die Socke aus, zieht sie wieder an, streicht sie auf dem Fuß glatt.* Was wissen sie denn? Die Kinder. Von den Vätern. *Zerknüllt den Brief, wirft ihn auf den Boden.* Man hat ihnen Neugeborene gegeben, die waren noch nicht mal abgestillt, Waffe haben sie noch keine bekommen, noch nicht einmal das Koppel, den Tornister ja, aber darin nur die Decke und eine Flasche, mit der sie das Junge füttern mußten, es durchbringen, ihm das Fressen beibringen. Wie? Da hatten sie selbst draufkommen müssen – da entstand Verantwortungsgefühl, Zuneigung und Angst, da zitterte und bebte und keuchte etwas in ihren Armen, Leben, so hilflos, und doch zu großer Kraft und zu großem Gehorsam begabt, das sollte nicht sterben. Das hat diese Männer geprägt. Zwölf waren sie in der Gruppe, in der mein Vater war, und alle zwölf hatten sie ihre Welpen durchgebracht, nicht eines ist gestorben, sie haben sie aufgezogen, dann trainiert, Tag und Nacht waren die Männer mit ihnen zusammen, bis sie scharf waren und sanft, echte deutsche Schäferhunde: Sie reagierten auf das Heben einer Augenbraue oder auf einen leisen Pfiff, sie gingen durch Wasser und Feuer und hätten ihr Leben hingegeben für ihren Herrn. Mein Vater hat gesagt: Was Liebe ist, haben wir damals gelernt, das war nicht Tierliebe, das war eine Schicksalsgemeinschaft in absoluter Treue, eine – Liebe. Dann erst, nach einem Jahr, haben die Männer die Waffen ausgefaßt, jeder eine Walther P38, und sie lernten – nein, nicht schießen, sie lernten diese Waffe als einen Teil von sich zu begreifen, zu lieben, sie nahmen sie auseinander, sie schmierten, ölten, polierten sie. Die ganze Anatomie, das war für sie: Korn, Schlagbolzenfeder, Schlagbolzen, Sicherung, Kimme, Signalstift, Hahn, Spannstück, Zugbringerfeder, Abzug, Riegel. Das wußte jeder im Schlaf. Und dann – dann kam der Führerbefehl: Jeder mußte – die Walther seinem Hund ins Genick – setzen und abdrücken. Nach allem, was gewesen war, nach der ganzen Geschichte – so eine Beziehung hatte kein Mann vorher gehabt. Und jetzt sollten sie töten, was sie so liebgewonnen hatten, um zu beweisen, daß sie – aber keiner mußte das tun. Mein Vater erzählt, dann ist er eben Schupo geworden und nicht Offizier. Aber alle zwölf haben dem Führerbefehl gehorcht, haben abgedrückt, alle haben sie ihren Hund erschossen – ihr Kind. Schaut der Kreatur in die Augen! Mit diesem Schrei in den Ohren haben sie den Befehl ausgeführt. Dein Vater hat geweint, hat meine Mutter erzählt, dein Vater war so weich. Alle haben geweint, alle, hat mein Vater gesagt, aber ich habe genauso wie die anderen den Hund erschossen, in die Augen geschaut, blindes Vertrauen in diesen Augen, Tränen in meinen Augen, ja, blind Aug in Aug, aber – Führerbefehl. Also haben wir so treu funktioniert wie auch der Hund es getan hätte. Mein Vater hat gesagt: Wir alle haben unsere Hunde – erschossen! Und ihnen damit zurückgegeben, was wir durch sie gelernt hatten: Liebe, bedingungslose Treue, Gehorsam. Und dann erst waren wir Offiziersanwärter. Das hat mir mein Vater erzählt. Er war viel zu weich, sagt die Mutter. Ja, vielleicht. Er konnte lieben, wenn das denn weich ist! Seine Ideale, er hat sie nie verraten. Nie. Auch später nicht, als der Verrat zur Voraussetzung von Karriere und Lebensglück wurde, in dieser Mißgeburt eines Staates. Der Zwang zum Verrat. Und zur Lüge. Wurde viel diktatorischer, als es zuvor eine Parteimitgliedschaft je gewesen war. Befreiung hieß das, Befreiung! Plötzlich war mein Vater nicht mehr Elite.

Nicht mehr Held. Plötzlich hieß er: Kollaborateur. Berufsverbot hatte er, vier Jahre kein Wahlrecht. Und dazu ein kleines Kind – dem er nichts bieten konnte. Aber doch: Ich habe erfahren, was Elternliebe ist. Er hat das Baby geküßt, das ich war, meinen Mund, meinen Bauch, mein Glied. Er hat mein Glied in den Mund genommen und daran gesaugt, das war Vaterstolz, unschuldig und rein, die Araber machen das so – ein Sohn, was ist ein Sohn, das Glied, das hat mein Vater gekost in seinem Stolz. Liebe. Und dann der Haß: Dieser Mann durfte nicht arbeiten, nicht wählen, nicht nützlich sein. Aber die Nutzlosen! Wo sind sie denn heute? Die Achtundsechziger? Zuerst waren sie ihren Eltern nicht treu, jetzt sind sie sich selbst nicht treu, so wie auch ihre Eltern sich selbst nicht treu geblieben waren, Verräter, die Verräter gezeugt haben, die Verräter zeugen. Bedrohen? Mich? *Hebt den Brief auf, streicht ihn glatt.* Der Strom hat Schnellen, der Strom hat Gischt / aus zwei wird eins, und eins zerbricht! Wir rächen den Pianisten! *Knüllt den Brief wieder zusammen, wirft ihn Richtung Zielscheibe. Nimmt die Pistole, legt an.* Rache! Die könnt ihr haben! *Feuert in rascher Folge drei Schüsse ab.* Scheiße! *Legt nochmals an, zielt genau, drückt ab.* Das Gesicht meines Vaters gegen eure Faschingsmasken!

ACHMED *tritt ein.* Monsieur, das Volk wartet! Und bitte, nicht vergessen. Der zweite Schuh, Monsieur!

8. Szene

Brian Laudrup, Kommerzialrat Kim Christofte (Laudrups Schwiegervater), dann Frau Christofte. Wohnzimmer der Familie Christofte. Laudrup fühlt sich sichtlich unwohl.

KIM CHRISTOFTE Willst du einen Aperitif? Einen Sherry? Einen Gin Tonic? Du nimmst doch immer einen Gin Tonic, oder?

BRIAN LAUDRUP Danke, Herr Kommerzialrat!

KIM CHRISTOFTE Warum so förmlich? Oder sind wir ironisch, mein Sohn? Zum Wohl!

BRIAN LAUDRUP Auf unser Wohl – und Wehe.

KIM CHRISTOFTE Also sind wir ironisch. Gut. Ich trinke auf den neuen Lebensabschnitt.

BRIAN LAUDRUP Was meinst du mit neuer Lebensabschnitt? Gehst du in Pension?

KIM CHRISTOFTE Nein. Aber du in Konkurs. – Was man so hört!

BRIAN LAUDRUP *steht auf.* Ich glaube, ich schau in die Küche. Ob ich helfen kann.

KIM CHRISTOFTE Du brauchst unseren Frauen nicht zu helfen. Die Frage ist – komm, setz dich, setz dich! –, ob man dir helfen kann.

BRIAN LAUDRUP *setzt sich.* Wie denn?

KIM CHRISTOFTE Also nein. *Nippt an seinem Sherry. Laudrup trinkt seinen Gin Tonic aus. Christofte steht auf, geht zur Hausbar, macht noch einen Gin Tonic, stellt ihn vor Laudrup hin.* Nach meiner Erfahrung kann man nur dann jemandem helfen, wenn der selbst einen Ausweg sieht.

BRIAN LAUDRUP *trinkt, schaut Christofte an, wartet.*

KIM CHRISTOFTE Und? Siehst du einen Ausweg? – Du trinkst übrigens zuviel! Habe ich den Eindruck. Du bekommst einen Bauch.

BRIAN LAUDRUP *kippt den Gin Tonic hinunter, schließt sein Sakko.* Nein. Vor allem trinke ich nie Gin Tonics. Seit acht Jahren bin ich mit deiner Tochter verheiratet. Seit acht Jahren kannst du dir nicht merken, was ich trinke. Wein.

KIM CHRISTOFTE Hör zu: Ich mache Angebote. Was du annimmst oder ablehnst, ist deine Sache. Aber wenn du schon meine Tochter ansprichst: Darüber wollte ich in der Tat mit dir reden. Ihr habt – gegen meinen Rat – seinerzeit keine Gütertrennung vereinbart. Und –

BRIAN LAUDRUP Davon weiß ich nichts!

KIM CHRISTOFTE Dann hat sie dir offenbar nichts davon gesagt, daß das mein – also meine Empfehlung war. Vor eurer Hochzeit. Was man so nennt. Da im Standesamt.

BRIAN LAUDRUP Was heißt: Was man so nennt. Das war unsere Hochzeit. Es gibt keine andere Art der Eheschließung, die –

KIM CHRISTOFTE Hör zu, du – Das war keine Hochzeit, und das werden wir heute klarstellen. *Nimmt die Gläser, geht zur Hausbar.* Du hast keine Hochzeit haben wollen, weil du nicht übertreten wolltest, nicht einmal unterschreiben hast du wollen, das hätte ja genügt für eine richtige Hochzeit, unterschreiben, daß du bereit bist, eure Kinder christlich zu erziehen, nur diese Unterschrift, das hätte dem Pfarrer genügt, und ich hätte euch eine Hochzeit ausgerichtet im Dom, aber nein. *Schenkt sich einen Sherry ein.* Was hast du gesagt, was du lieber trinkst, Port? *Schenkt Port ein, stellt die Gläser auf das Tischchen.* Ich meine, das war doch klar, daß ich meine Tochter – daß ich meine Tochter nicht im Tempel unter die Dings bringe, wie sagt ihr zur Haube?

BRIAN LAUDRUP Haube?

KIM CHRISTOFTE Na, im Tempel, wie sagt ihr? Unter den –

BRIAN LAUDRUP Baldachin. Ich war noch nie in der Synagoge. Tempel gibt es keinen mehr seit der Zerstörung des zweiten Tempels durch –

KIM CHRISTOFTE Mach jetzt bitte keinen Talmud-Unterricht!

BRIAN LAUDRUP Das ist Geschichte.

KIM CHRISTOFTE Gut. Hören wir auf mit den Spitzfindigkeiten. Ihr habt keine Gütertrennung. Ich habe gewußt, das wird ein Problem geben. Jetzt haben wir das Problem. Du gehst in Konkurs mit deiner Zeitung. Und du wirst verstehen, daß ich kein Interesse daran habe, daß meine Tochter dann auf deinen Schulden sitzt, daß ihr Erbe, daß alles, was ich ihr geben will, mit deinen Verbindlichkeiten draufgeht, das verstehst du doch. Trink! Ich dachte, du liebst Port. *Steht auf und geht zu einer Kommode, nimmt ein Dokument von der Kommode.* Ich habe da etwas vorbereitet, eine Formalität, und wir haben kein Problem mehr. Du mußt nur hier – *legt Laudrup das Papier vor, nimmt einen Kugelschreiber aus der Brusttasche seines Sakkos.* Das kommt morgen zum Notar, und –

BRIAN LAUDRUP Und was? Soll ich die Annullierung meiner Ehe unterschreiben? Oder was ist das?

KIM CHRISTOFTE Nein. Nur eine Vereinbarung, daß – im Grunde Gütertrennung.

BRIAN LAUDRUP Und die Scheidung ist dann erst der nächste Schritt, und was dann? Deportation oder was? Soll ich unterschreiben, daß ich die Behandlung durch die Gestapo nur jedermann empfehlen kann? Soll ich nicht doch in die Küche und den Gashahn aufdrehen? Das ist es doch, was du –

KIM CHRISTOFTE Beruhige dich! Ich will dir doch nur ganz sachlich –

BRIAN LAUDRUP Wer sagt, daß ich in Konkurs gehe? Ich –

KIM CHRISTOFTE Ich habe meine Informationen!

BRIAN LAUDRUP Halte dich bitte aus unserem Leben raus – Vater!

KIM CHRISTOFTE Vater? Warum plötzlich so persönlich? Ich glaube, ich ziehe doch Herr Kommerzialrat vor. Nur eine Unterschrift, mein Junge, da! Und wir haben nicht das geringste Problem!

BRIAN LAUDRUP Ich weiß, was du gemacht hast, in der Nazi-Zeit.

KIM CHRISTOFTE Es gab hier keine Nazi-Zeit. Es waren nur eine Zeitlang die Nazis hier. Lange her! Aber ich weiß, was du jetzt machst, Junge, und nur darüber reden wir jetzt!

BRIAN LAUDRUP Du willst bestimmen, worüber wir jetzt reden?

KIM CHRISTOFTE Ja. Weil immer der bestimmt, der jetzt bestimmt.

Auftritt ein Mann, der genauso aussieht wie Chri-

stofte. Dann, nach und nach, noch weitere Doppelgänger.

KIM CHRISTOFTE 2 Und morgen.

KIM CHRISTOFTE 3 Und gestern war eine andere Zeit.

KIM CHRISTOFTE 4 Wie zu jeder Zeit. Jeder hat geschaut, wie er sein Leben macht.

KIM CHRISTOFTE 5 Wie heute.

KIM CHRISTOFTE 2 Und wie morgen.

KIM CHRISTOFTE 3 Das ist zu jeder Zeit so.

KIM CHRISTOFTE 6 Man wird doch noch sagen dürfen, daß.

KIM CHRISTOFTE 3 Wenn man schon wieder sagen kann, daß.

KIM CHRISTOFTE 2 Gestern, heute, morgen.

KIM CHRISTOFTE 4 Das sollte doch ganz normal sein.

KIM CHRISTOFTE 6 Man wird doch noch sagen dürfen, daß man sich Sorgen macht um seine Tochter.

KIM CHRISTOFTE 2 Die einen Juden geheiratet hat.

KIM CHRISTOFTE 3 Keinen Bankier, einen In-te-llek-tu-ellen!

KIM CHRISTOFTE 4 Einen Schnorrer.

KIM CHRISTOFTE 1 Mein Kind.

KIM CHRISTOFTE 2 Unsere Kinder. Schönere nie!

KIM CHRISTOFTE 3 Schönere nie es gab. Nie, nie es gab.

KIM CHRISTOFTE 4 Ohne Speichel. Ohne Schweiß. Ohne Gestank.

KIM CHRISTOFTE 5 Entsetzlich das Schicksal –

KIM CHRISTOFTE 4 – ein Mensch zu sein. Gewachsen in einer Fruchtblase.

KIM CHRISTOFTE 5 Wir optimieren die Früchte.

KIM CHRISTOFTE 2 Wir die Früchte-Kompanie.

ALLE Jedes Früchtchen ein Gewinn. Fleisch von unserem Fleisch. Kapital von unserem Kapital.

KIM CHRISTOFTE 6 Man wird doch noch sagen dürfen, daß man Verantwortung hat für sein Kapital, für das Human –

KIM CHRISTOFTE 5 – Kapital, Arbeitsplätze, Staat und

KIM CHRISTOFTE 6 Fleisch. Und Blut. Verantwortung! Wird man doch noch sagen dürfen!

KIM CHRISTOFTE 4 Auch heute. Auch wenn die Juden nicht aufhören –

KIM CHRISTOFTE 2 Die Schmarotzer, die Proleten –

KIM CHRISTOFTE 3 Die Proleten kann man erziehen – herüberziehen!

KIM CHRISTOFTE 5 Du hast ein Gewissen?

ALLE Dafür mußt du bezahlen!

KIM CHRISTOFTE 1 Kannst du dir das leisten?

KIM CHRISTOFTE 4 Du liebst? Wie willst du Liebe erwerben?

ALLE Hast du Geld?

KIM CHRISTOFTE 2 Freiheit? Das teuerste Gut!

ALLE Und du ein armer Schlucker!

KIM CHRISTOFTE 6 Man wird doch noch sagen dürfen, daß –

KIM CHRISTOFTE 3 Wenn man schon wieder sagen kann, daß –

ALLE CHRISTOFTES Unsere Pflicht!

KIM CHRISTOFTE 6 Wir haben unsere Pflicht getan.

ALLE Wir tun unsere Pflicht. Wir werden unsere Pflicht tun. Wir werden unsere Pflicht getan haben. Wir taten, um zu tun. Taten. Werden Taten.

Laudrup springt auf, stößt den Tisch vor dem Sofa um, blickt sich um; die Christofte-Doppelgänger ab; Laudrup nimmt ein Kissen vom Sofa, hebt es hoch – Auftritt Frau Christofte.

FRAU CHRISTOFTE Es ist angerichtet.

9. Szene

Claus Christiansen, Frau Dr. Piechnik, später Lars Olsen.

PIA PIECHNIK Olsen will unbedingt mit dir sprechen, noch vor der Pressekonferenz. Er wartet drüben im Büro.

CLAUS CHRISTIANSEN *macht eine abwehrende Handbewegung.*

PIA PIECHNIK *ihr Mobiltelefon läutet.* Dr. Piechnik, Apparat Dr. Christiansen! – Nein, leider, der Herr Parteivorsitzende ist gerade in einer Besprechung – Ja bitte – Wiederhören!

CLAUS CHRISTIANSEN *deutet ihr, das Telefon wieder auszuschalten. Schaut auf die Uhr.*

PIA PIECHNIK Noch eine halbe Stunde! Was machen wir jetzt mit Olsen?

CLAUS CHRISTIANSEN Pia! Gibt es etwas in deinem Leben, das du dir mehr als alles andere wünschst?

PIA PIECHNIK *schaltet das Mobiltelefon aus.* Ja!

CLAUS CHRISTIANSEN Ich rede jetzt nicht von irgendwelchen Konsumgütern, auf die man hinspart, oder eine Traumreise oder irgendwelche Kindereien, zum Beispiel, daß man zaubern können will oder –

PIA PIECHNIK Daß der Märchenprinz kommt! Ja. Ich weiß genau, was du meinst.

CLAUS CHRISTIANSEN Ein Wunsch, dessen Erfüllung nicht auch schon das Ziel ist, verstehst du? Es gibt Menschen, die träumen von einem Maserati oder Porsche, was weiß ich, oder einem eigenen Haus, und dann haben sie es geschafft und sitzen drinnen, in ihrem Auto oder in ihrem Haus – und was dann?

PIA PIECHNIK Oder sie träumen von ihrem Prinz, und dann kommt er, und wenn sie ihn erobert haben, ist der Film aus. Ich weiß genau, was du meinst.

CLAUS CHRISTIANSEN *winkt ungeduldig ab.* Ja! Ich rede von einem Wunsch, mit dessen Erfüllung erst alles beginnt. Ich rede von – ja! Vielleicht von einer Form der Wiedergeburt!

PIA PIECHNIK Ich verstehe dich – vielleicht nicht ganz, Claus!

CLAUS CHRISTIANSEN Verstehst du, ich meine, man kommt auf die Welt, und man hat vielleicht eine Bestimmung, man spürt sie irgendwann, man begreift sie – obwohl objektiv alles dagegen spricht. Man wächst heran, macht dies und das, man lernt vor allem, was einem versperrt ist, was ganz einfach außer Reichweite ist. Und in dem Maß, wie man das lernt, wie man die entsprechenden Erfahrungen macht, in dem Maß wird einem immer klarer und deutlicher: Man hat eine Bestimmung – und wie kann es sein, daß man eine Bestimmung hat, aber es gibt objektiv keinen Weg dorthin? An diesem Punkt wird aus Fatum eine fixe Idee gegen die Realität, aus der Demut, hinzunehmen, was der Herrgott einem bestimmt hat, wird kalte Wut, statt seinen vorbestimmten Weg zu gehen, beschließt man wegzuräumen, was auf einem ganz anderen Weg liegt. Durchbrüche zu schaffen, neue gangbare Wege anzulegen. Und dabei wird man von allen anderen, die ihr vorbestimmtes kleines Leben leben, verhöhnt und verlacht. Das ist leidvoll, die Kraft dazu bringt nur der auf, der seine Ahnungen und Empfindungen bündeln kann zu einem mächtigen Wunsch. Der bereit ist, alles diesem Wunsch unterzuordnen, wissend, daß mit seiner Erfüllung noch kein Ziel erreicht ist, sondern erst der Anfang. Der Beginn seines eigentlichen Lebens. Das nenn ich Wiedergeburt: Neu und wesentlich beginnen zu können, nachdem man vorher sein Leben dafür hingegeben hat. Verstehst du, was ich meine?

PIA PIECHNIK Wenn ich dich richtig verstehe, Claus, dann kann ich darauf nur sagen: Ich glaube, daß deine Wiedergeburt auch eine Wiedergeburt der Nation sein wird.

CLAUS CHRISTIANSEN *schließt die Augen, lächelt, atmet tief durch.* Du hast Ja gesagt. Du verstehst mich. Jetzt frage ich dich: Würdest du am Ende dieses langen Weges, wenn du nicht einmal mehr einen Schritt machen mußt, um dir den Wunsch zu erfüllen, nein, du mußt nur noch die Hand ausstrecken und kannst dir nehmen – alles! Da liegt das Gewünschte endlich auf einem Präsentiertisch, und du mußt nur hingreifen, würdest du –

PIA PIECHNIK –

CLAUS CHRISTIANSEN Warte! Würdest du zugreifen, wenn du wüßtest, daß du für diesen Moment zwar dein Leben hingegeben hast, daß du aber, wenn du zugreifst, dein Leben auch verraten würdest? – Würdest du am Ende zugreifen, wenn du als Christ aufgebrochen bist und nach einem langen Lebensweg unmittelbar vor dem Ziel erfahren würdest, daß du die Hand nur ausstrecken darfst, wenn du einen Pakt mit dem Teufel eingehen mußt? Würdest du –

Piechnik will etwas sagen, Christiansen winkt ab.

CLAUS CHRISTIANSEN Warum sage ich immer du? Ich! Ich! Will ich zum Faust werden am Ende des letzten Akts, ohne diese ganze Schmiere hindurch einer gewesen zu sein? Will ich meine Seele verkaufen, unmittelbar vor meiner Wiedergeburt?

PIA PIECHNIK *steht auf, geht um den Tisch herum, stellt sich vor Christiansen auf.* Streck deine Hand aus. Komm, streck sie aus!

CLAUS CHRISTIANSEN *streckt zögernd seine Hand aus, Piechnik beugt sich seiner Hand entgegen.*

PIA PIECHNIK Hab keine Skrupel! Greif zu!

CLAUS CHRISTIANSEN Bist du sicher? Warum bist du so sicher?

PIA PIECHNIK *richtet sich auf, blickt auf ihn hinab. Christiansen läßt seine Hand wieder sinken.* Du bist etwas Besonderes, Claus. Wer dich nur ein bißchen kennt, spürt das. Zweifle nicht mehr! Du hast deinen Zweifeln menschlich Genüge getan, indem du sie gehabt, indem du sie tief empfunden hast. Und jetzt sei mehr, sei größer, sei der, der du bist – greife zu!

CLAUS CHRISTIANSEN *streckt seine Hand aus, läßt sie gleich wieder sinken. Auftritt Olsen, aufgeregt hereinlaufend.*

CLAUS CHRISTIANSEN Ah, der Herr Schauspieler! Was ist Ihr Problem?

LARS OLSEN Timing! Ich weiß, Claus, in zehn Minuten ist die Pressekonferenz, aber – ich muß das jetzt wissen: Es heißt, es gibt ein Geheimabkommen mit Schmeichel! Stimmt es, daß Sie planen, nach der Wahl mit ihm –

CLAUS CHRISTIANSEN *auf ihn hinabblickend.* Ja!

LARS OLSEN Das geht nicht, das können Sie nicht machen! Hören Sie! Ich habe Ihnen Stimmen gebracht und Sympathiepunkte, weil ich als Künstler gegen die sozialistische Kulturhegemonie – ich meine, ich steh doch nicht auf gegen Hegemonie und spiele dann mit bei einem Pakt mit den Faschisten!

PIA PIECHNIK Faschisten ist ein großes Wort!

LARS OLSEN Autoritärer Staat, das wollen die, Toti-, Totatile-, Tota-li-tarismus! –

PIA PIECHNIK Noch so ein großes Wort!

LARS OLSEN Wie steh ich da? Es sind schon Freundschaften zerbrochen, weil ich nicht mit den Sozis – wo doch alle meine Kollegen vom Theater bei den Sozis auf dem Schoß sitzen! Aber mit Schmeichel! Ich kann mich dann nirgends mehr blicken lassen! Was ist dann mit mir?

CLAUS CHRISTIANSEN Sie sind dann Minister!

LARS OLSEN Minister!

CLAUS CHRISTIANSEN *schaut auf die Uhr, abgehend.* Kulturminister! Entschuldige mich, mein Freund, ich muß – die Pressekonferenz!

LARS OLSEN Ich bin Minister?

PIA PIECHNIK *blickt ihn verächtlich an, mit Christiansen ab.*

LARS OLSEN *den beiden nachblickend.* Minister. Ich soll in die Regierung – und ausgebuht werden von meinen Wählern? *Deklamiert.* Du mußt hinaus, Coriolan, des Volkes Liebe dir erringen, schmier Honigseim ums Maul der Masse, und gib dem tumben Toren Recht, und auch dem schrillen Weibe, versag dich nicht dem Kindermund, der allzu schnell zum Schandmaul wird, am End ist zahnlos Volkes Mund. Stimm zu der Blinden Farbenlehre, gib den Lahmen einen Tanz! Du kannst nur holen, was du gibst – so gib ihm, was es will, dem Volk, so gib ihm Recht, und Recht hast du und kehrst zurück als Konsul! *Springt einen Schritt zur Seite, schlägt sich auf die Brust.* Nein! Mein Knie soll beugen ich, wie der, der Pfennige erfleht? Ich will's nicht tun, nicht so der eigenen Wahrheit Ehre schlachten. Lieben soll das Volk nicht meine Worte, es soll meine Taten respektieren. Am Marktplatz wird geschrien, das ist der Ort nicht, um Bilanz zu ziehen. Beurteilt mich nach meinen Taten – wenn ich dran glauben will, werdet auch ihr dran glauben müssen!

10. Szene

Flemming Povlsen, Hanni Vilfort, Henrik Andersen, ein Fotograf mit Assistenten. Im Kanzleramt.

FLEMMING POVLSEN *beugt sich über die Sprechanlage, drückt, stöhnt und richtet sich wieder auf, setzt sich hin.*

HANNI VILFORT Ja bitte?

FLEMMING POVLSEN Frau Vilfort, machen Sie mir bitte für morgen einen Termin mit dem Masseur. Er soll herkommen. Möglichst zeitig. Man sollte kein Rückgrat haben. *Lacht gekünstelt.*

HANNI VILFORT Oder doch, aber ein starkes!

FLEMMING POVLSEN Genau! Ein starkes! Wie ich immer sage!

HANNI VILFORT Kann ich die Unterschriftenmappe schon –

FLEMMING POVLSEN Nein. Gleich. Ich bin noch nicht ganz durch. Gleich!

Hanni Vilfort ab.

FLEMMING POVLSEN *unterschreibt noch einen Brief, blättert um, stutzt. Beginnt zu lesen. Nimmt das Blatt, steht auf, liest stehend.* Das ist – ! *Dreht sich um und schaut zur Tür. Dann wieder in den Brief.* Sehr geehrte Frau Vilfort! Ich möchte mich bei Ihnen für meine gestrige Entgleisung entschuldigen. Ich habe gesagt, daß ich Sie liebe, und im nächsten Atemzug, daß ich Sie nicht liebe. Das heißt doch nichts anderes, als: Ich würde so gern lieben, aber plötzlich war mir im Innersten klar, daß ich Sie auch nur als Projektionsfläche für diese meine Sehnsucht mißbraucht habe, ohne Sie als den Menschen wahrzunehmen, der Sie sind. *Schüttelt den Kopf.* Projektionsfläche! *Liest weiter.* Dieser Mißbrauch tut mir sehr leid. Mir liegt sehr viel an einem gutem Arbeitsklima mit Ihnen, und es wäre schade, wenn es durch Gefühle wie Peinlichkeit oder Scham – hoffe also auf Ihre Nachsicht ... will auf Ihre Loyalität ... bin ganz ... Ihr – *lauter.* Ihr! Ich bin Ihr – *setzt sich, starrt den Brief an.* Beantworten! Das muß ich – *öffnet Schreibtischladen, sucht, findet Papier, legt es vor sich hin, denkt nach, schließlich* – sehr geehrte Frau Vilfort! – Nein! *Streicht durch.* Liebe Hanni! – Nein! *Streicht durch.* Das hat sie ja schon – geschrieben, das ist ja – dieser Brief. Auf den muß ich antworten – Logisch! Sehr geehrter Herr Bundeskanzler! Nein! *Streicht durch.* Lieber Flemming! Nein! *Zerknüllt das Blatt, wirft es weg. Schreibt.* Sehr geehrter Herr Bundeskanzler, lieber Genosse Povlsen! Vielen Dank für Ihren Brief! *Steht auf, geht hin und her, murmelnd.* Vielen Dank für Ihren Brief für Ihren Brief für Ihren Brief – Ausrufezeichen! Ja! Weiter: Ich darf Sie beruhigen! Ich habe Ihre Entgleisung – nein! Nicht Entgleisung! Ihre, Ihre – wie hat sie es genannt, also ich? *Schaut nach.* Mißbrauch! Das ist ja auch – viel zu stark! *Schreibt.* Beruhigen! Mißbrauch ist ein viel zu starkes Wort dafür, daß Sie mich – was? *Denkt nach.* Im Grunde nur zum Essen einladen wollten, wenngleich auch auf eine sehr mißverständliche – ja, aber doch sehr orginelle Weise. Sehr orginelle Weise. Das Mißverständnis will ich Ihnen selbstverständlich nachsehen, da ich ja weiß – *schaut auf.* Was weiß sie? Da ich ja weiß da ich ja weiß – daß –

HANNI VILFORT *eintretend.* Herr Andersen ist da. Und dann ist gleich der Fototermin.

FLEMMING POVLSEN Danke, Frau Hanni. Danke!

HANNI VILFORT Die Mappe?

FLEMMING POVLSEN *gibt ihr die Mappe.* Ja. Danke. *Sie mit der Mappe ab, Henrik Andersen herein, schließt hinter sich die Tür.*

HENRIK ANDERSEN Hallo, Flemming! Wir haben die Krise! *Wirft Mappen auf den Schreibtisch.*

FLEMMING POVLSEN Warte, gleich! *Schreibt.*

HENRIK ANDERSEN So hör doch zu! Was schreibst du da?

FLEMMING POVLSEN Einen Brief. Ich bin gleich fertig.

HENRIK ANDERSEN Laß doch Frau Vilfort deine Briefe schreiben! Seit wann machst du selbst die Korrespondenz? Also hör zu! –

FLEMMING POVLSEN Ja, eh! Nur das ist ein Brief von Frau Vilfort, und –

HENRIK ANDERSEN Du schreibst die Briefe von Frau Vilfort?

FLEMMING POVLSEN Ja nur, weil sie schreibt meine, und deshalb – egal, das ist jetzt zu kompliziert. Zu erklären, also –

HENRIK ANDERSEN Das schau dir an! Deine Imagewerte! Wirtschaftskompetenz: Minus vier Prozent. Sicherheit: Minus sechs Prozent. Sechs! Minus! Nur bei Sicherung der Pensionen bist du stark! Aber die Daten sind von gestern. Morgen wirst du wahrscheinlich auch bei den Pensionen abstürzen – weißt du, was Schmeichel heute gesagt hat? Der

Kanzler, hat er gesagt, konzentriert sich jetzt mit aller Kraft auf die Pensionen, weil er weiß, daß die Wähler ihn morgen in Pension schicken werden ... hier die Sympathiewerte! Die Menschen sagen: Du umarmst jeden Hydranten – aber angesprochen fühlt sich keiner! Und die Lemming-Nummer von Schmeichel hat dir auch sehr geschadet. Dein Image ist nicht das eines Kanzlers, der den Weg in die Zukunft angibt, sondern den Weg in den Abgrund. Das ist eine einzige Scheiße! Und hier! Die Presseclips von gestern und heute! Da! Schmeichel hat die ganze Seite drei mit einer Verfassungsdiskussion, die niemand interessiert, und du hast weniger als die halbe vierer mit der Arbeitsmarktreform. Und wenn man dein kleines Foto anschaut, dann schimmert noch das riesige Grinsen von Schmeichel durch. Hör zu! Wir müssen jetzt in die Offensive gehen. Wir müssen dich als Projektionsfläche für den Wähler breiter machen, als Mensch und als Kanzler. Wir müssen dich neu definieren als Projektionsfläche. Und gleichzeitig müssen wir zuspitzen: Der Staatsmann gegen den Populisten. Verantwortung gegen Abenteurertum. Die Menschen müssen sich mit dir identifizieren und zugleich Angst bekommen vor Schmeichel. Also – sag, hörst du überhaupt zu?

FLEMMING POVLSEN Ja, ja, ich hab das nur noch unterschrieben.

HENRIK ANDERSEN Hör zu! Hör doch zu! Gleich kommt der Fotograf –

HANNI VILFORT Der Fotograf wäre da, Herr Bundeskanzler!

FLEMMING POVLSEN Danke, Frau Hanni! Danke! Und hier noch – da wär noch ein Brief, für Sie, wenn Sie mir den, bitte. Danke!

HANNI VILFORT *nimmt den Brief, ab. Auftritt der Fotograf mit Assistent und Assistentin, die Lampen, Koffer etc. hereintragen.*

HENRIK ANDERSEN Also, das ist Herr –

DER FOTOGRAF Jensen. John Jensen. Sehr erfreut.

HENRIK ANDERSEN Herr Jensen, ein sehr guter Fotograf vom Magazin »Bros«.

DER FOTOGRAF Der Beste.

HENRIK ANDERSEN Der Beste. Hör zu, Flemming. Wir werden jetzt eine Fotostrecke machen, wie besprochen. Flemming!

FLEMMING POVLSEN Ja. Ja.

Das Fotografenteam baut Beleuchtung auf, Hintergrund, bereitet Requisiten vor, dirigiert den Kanzler dahin, dorthin, Jensen macht Polaroids, etc.

DER FOTOGRAF Okay!

Die Assistentin bringt rote Boxhandschuhe, sie und der Assistent helfen dem völlig starr dastehenden Kanzler, die Boxhandschuhe anzuziehen.

FLEMMING POVLSEN Was? Ist das?

HENRIK ANDERSEN Boxhandschuhe. Das kommt aufs Cover von »Bros«. Wir signalisieren damit, daß du Punch hast. Punch. Du nimmst den Kampf auf. Du bist schlagkräftig. Du – *der Kanzler läßt die Hände mit den Boxhandschuhen seitlich runterhängen, sieht der weggehenden Assistentin nach.* Da! Da schau her! Und hebe die Hände! So halb vors Gesicht.

DER FOTOGRAF Ja, Herr Bundeskanzler, ja! Und jetzt

jab, jab, jab! Gut so! Und jetzt Führungshand leicht nach vorne, ja!

HENRIK ANDERSEN Führungshand! Das ist es. Die Kraft der Führungshand. *Macht eine Notiz.*

Nun geht alles sehr schnell: Das Team bringt Gummistiefel, eine Regenjacke, einen Plastikeimer, die Assistentin zieht dem Kanzler die Schuhe aus, hilft ihm in die Gummistiefel, der Assistent zieht ihm die Jacke über, Andersen drückt ihm den Eimer in die Hand, der Kanzler taumelt hin und her, steht dann da mit einer gelben gummierten Regenjacke, in gelben Gummistiefeln, mit einem Eimer, den er mühsam in der Hand mit dem roten Boxhandschuh hält.

HENRIK ANDERSEN Und jetzt die menschliche Komponente. Du bist da für die Hochwasseropfer. Legst selbst Hand an.

FLEMMING POVLSEN Mit Boxhandschuhen?

HENRIK ANDERSEN Das ist für die Fotostrecke dein Markenzeichen. Jetzt heb den Eimer und –

DER FOTOGRAF Hierher, Herr Bundeskanzler, ja! Schauen Sie hierher! Nicht so starr! Machen Sie eine Bewegung, als wollten Sie – ja! Und sagen Sie etwas! Damit das Gesicht nicht so –

HENRIK ANDERSEN Sag etwas. Sag einfach was!

FLEMMING POVLSEN – Ein Wahnsinn. So viel Wasser!

11. Szene

Peter Schmeichel in Jeans und Lederjacke auf einer Rednertribüne. Zugleich auf einem riesigen Videoscreen. Später Brian Laudrup und Torben Frank.

DIE MENGE *johlt und klatscht.*

PETER SCHMEICHEL *hebt die Hände.* Und – liebe Freunde! Und – ja, liebe Freunde! Und wer da jetzt behauptet, wir befänden uns außerhalb des Verfassungsbogens, der wird uns kennenlernen. Wir! Wir! Wir sind es, die die Verfassung Punkt für Punkt runterbeten können. Wer bricht denn die Verfassung? Wir, die wir auf dem Gleichheitsgrundsatz bestehen, oder die Altparteien, für die ein Parteifreund immer ein bißchen gleicher ist als andere?

DIE MENGE Wir! Wir!

PETER SCHMEICHEL Wer bricht denn die Verfassung? Wir, die wir sagen, daß unser Volk der Souverän ist, wie es in der Verfassung steht, oder jene, die sagen: Holen wir halt fremde Völker herein, um unser Volk niederzustimmen?

DIE MENGE Wir! Wir!

PETER SCHMEICHEL Wer bricht denn die Verfassung? Wir, die wir ein souveränes Dänemark verteidigen wollen, oder jene, die unser Dänemark ausliefern wollen an die Finanzinteressen gewisser Kreise der Ostküste?

DIE MENGE Wir! Wir!

PETER SCHMEICHEL Ja! Wir! Wir sind die Verfassung! In unserem Lager ist Dänemark!

Brian Laudrup und Torben Frank kommen vorbei, hören zu.

PETER SCHMEICHEL Wir sind die Hüter der Verfassung. Wir sind Dänemark. Seht ihr die Kameras, liebe Freunde? Seht ihr, wie sie filmen, für ihren Rotfunk? Wir werden es ihnen beweisen, liebe Freunde, Punkt für Punkt, die Verfassung – *Buhrufe, Schreie: Faschist, Verhetzer!* Und die da hinten so dazwischenschreien, die sollen sich ihren Atem sparen, ihr werdet eure Luft noch brauchen nach der Wahl, wenn ich dafür sorgen werde, daß ihr Arbeit bekommt! *Jubel, Gelächter* – Also. Die Verfassung unseres Staates, Punkt für Punkt, liebe Freunde! Führen wir sie ihnen vor! Paragraph –

DIE MENGE *schreiend* Eins!

PETER SCHMEICHEL Absatz –

DIE MENGE *mit den Absätzen aufstampfend.* Eins!

PETER SCHMEICHEL Absatz –

DIE MENGE *aufstampfend.* Zwo!

PETER SCHMEICHEL Absatz –

DIE MENGE *aufstampfend.* Drei!

PETER SCHMEICHEL Paragraph –

DIE MENGE Zwo

PETER SCHMEICHEL Absatz –

DIE MENGE Eins!

PETER SCHMEICHEL Absatz –

DIE MENGE Zwo!

PETER SCHMEICHEL Paragraph –

DIE MENGE Drei!

PETER SCHMEICHEL Absatz –

DIE MENGE Eins!

PETER SCHMEICHEL Und jetzt die ganze Verfassung –

Paragraph! Absatz! Absatz! Absatz! Paragraph! Absatz! Absatz! Paragraph! Absatz! Absatz! Absatz!

Rhythmisches Stampfen der Menge.

PETER SCHMEICHEL Wir. Wir. Sind! Verfassungs-

DIE MENGE -treu! Bei unsrer Ehr!

Brian Laudrup und Torben Frank seitlich vorbeigehend.

BRIAN LAUDRUP Jetzt wäre es ganz leicht.

TORBEN FRANK Was?

BRIAN LAUDRUP Gib mir irgendeine Waffe, eine Pistole, ein Messer, und – schau dir das an! Es gibt kein anderes Mittel gegen den Rechtspopulismus!

TORBEN FRANK Alle sind Rechtspopulisten. Auch die Linken. Und jetzt komm! Schnell weg da!

12. Szene

Ein billiges Hotelzimmer. Flemming Povlsen und Hanni Vilfort, hereinkommend.

HANNI VILFORT Hier?

FLEMMING POVLSEN Überall ist hier.

HANNI VILFORT Hier ist es so abgefuckt. Wie kann man hier – lieben?

FLEMMING POVLSEN Wenn zwei sich lieben, dann lieben sie sich auch in einer Steinzeithöhle.
Komm –

HANNI VILFORT In einer Steinzeithöhle gibt es nicht so ein grauenhaftes Licht.

FLEMMING POVLSEN Komm her!

HANNI VILFORT Schalt das Licht aus!

FLEMMING POVLSEN *schaltet das Deckenlicht aus.* Gestern. Das Paradies – das glaubst du mir nicht. Ich war unten im Süden, du weißt, ein bißchen Gesichtswäsche bei den Hochwasseropfern – jedenfalls, wir fahren da die Umfahrung bei Sonderborg –

HANNI VILFORT Bitte schalt das Licht aus!

FLEMMING POVLSEN *schaltet das Licht der Stehlampe aus.* Bei Sonderborg. Da sehe ich plötzlich – komm zieh dich aus!

HANNI VILFORT Mach das Licht aus. Bitte!

FLEMMING POVLSEN *Lichtschalter suchend.* Da seh ich plötzlich einen Wegweiser, ein Schild: Paradies der Ungeliebten, nach rechts. – Halt!

HANNI VILFORT Komm her! Halte mich!

FLEMMING POVLSEN Sag ich zum Chauffeur: Halt!

Was war das? Paradies der Ungeliebten? Was war das? *Findet einen Lichtschalter, schaltet aus.* Sagt er: Von der Universität!

HANNI VILFORT Was redest du da? Mach endlich das Licht aus. Und –

FLEMMING POVLSEN Ja! *Sucht weitere Lichtschalter, tastet an den Wänden, hinter Schränken und Regalen.* Was redest du da, sag ich. Er: Ist doch bekannt, Attraktion für Touristen. Da ist die Schlangenfarm von der Universität, Pharmazeutisches Institut, da werden die Schlangen regelmäßig gemolken, die Giftzähne, verstehst du, die werden gemolken, und daraus machen sie dann das Serum für –

HANNI VILFORT Das Paradies der Ungeliebten?

FLEMMING POVLSEN Ja. Wer liebt schon Schlangen? Aber dort haben sie ein Biotop auf dem höchsten Stand der Schlangenforschung. Ein Paradies für diese Tiere. Deshalb –

HANNI VILFORT Ich kann mich nicht ausziehen, nicht in diesem Licht.

FLEMMING POVLSEN Ja, ja. Hier, da! Ist noch ein Schalter! *Schaltet eine indirekte Beleuchtung aus.* Niemand liebt Schlangen. *Drückt sich an sie.* Aber dort haben sie ihr Paradies.

HANNI VILFORT Das Licht. Ich kann da –

FLEMMING POVLSEN Ich habe alles ausgeschaltet. *Sucht hektisch nach weiteren Lichtschaltern.* Alles ausgeschaltet. Es ist – finster. Jedenfalls. Ich sage zum Chauffeur, da fahren wir hin, das will ich sehen, das Paradies der Ungeliebten. Es war ein Wahnsinn. Da gibt es ein eigenes Licht, die Schlangen lieben nämlich eine eigene Frequenz, wo sie –

HANNI VILFORT Woher kommt dieses Licht?

FLEMMING POVLSEN Das machen sie dort mit speziellen Röhren, die –

HANNI VILFORT Nein! Hier! Dieses verdammte Licht! Halte mich fest! Halte mir die Augen zu! Ich will – ich –

FLEMMING POVLSEN *sucht Lichtschalter. Findet keine mehr. Sucht, läuft durch das Zimmer.*

HANNI VILFORT *geht ans Fenster.* Die Laterne. Da ist genau vor dem Fenster die Straßenlaterne!

FLEMMING POVLSEN Hier drinnen habe ich alles ausgeschaltet – es müßte –

HANNI VILFORT Aber die Laterne. Vor dem Fenster. Und kein Vorhang.

FLEMMING POVLSEN Das heißt –

HANNI VILFORT Die ganze Nacht taghell.

13. Szene

Brian Laudrup, Torben Frank, später zwei Kriminalbeamte. In der Redaktion der »Agora«.

BRIAN LAUDRUP Und wenn es doch einer täte? Hast du mit deinem Artikel nicht wieder eine Begründung geliefert, daß einer es tun muß?

TORBEN FRANK Nichts in dem Artikel rechtfertigt –

BRIAN LAUDRUP Warte! Morten Bruun hat, bevor er niedergeschlagen wurde, den Plan von Jonathan Prinsen recherchiert. Prinsen ist der Wirtschaftssprecher von Schmeichel. Der Mann mit der Axt. Auf fast jedem Bild posiert er mit einer Axt – fehlt nur das Rutenbündel.

TORBEN FRANK Die Axt allein ist kein faschistisches Symbol. Prinsen stilisiert sich mit der Axt als viriler Kerl, der den Wildwuchs der staatlichen Wirtschaftspolitik durchforstet. Das alleine ist so belanglos und infantil wie die roten Boxhandschuhe von Flemming Povlsen.

BRIAN LAUDRUP Die roten Boxhandschuhe sind infantil, zugegeben. Aber was hat Morten recherchiert? Wenn Schmeichel in die Regierung kommt, wird Prinsen Wirtschaftsminister. Und dann ist die Axt nicht mehr ein infantiles Symbol, sondern wirklich sein Instrument. Das wird ein gemeingefährlicher Kahlschlag. Spätestens ein Jahr oder eineinhalb Jahre nach der Wahl wird ein knappes Dutzend Menschen, alles Freunde von Prinsen, fast achtzig Prozent des dänischen Aktienkapitals kontrollieren. Das ist machbar und wird gemacht. Dafür hat Morten Belege. Das wird die radikalste Umverteilung sein, die dieses Land jemals erlebt hat. Und zunächst wird es keiner merken. Es wird laufen unter Schlagworten wie Privatisierung, Strukturreform, Europa-Fitneß und so weiter.

TORBEN FRANK Aber das habe ich doch geschrieben: Das ist noch immer nicht Faschismus, sondern eben das System. Unser System – mit dem du auch bisher nie Probleme gehabt hast, solange die Sozialdemokraten –

BRIAN LAUDRUP Hör doch auf! *Er springt auf, läuft im Zimmer auf und ab.* Der Punkt ist: Unser Freund Morten Bruun! Hat den Prinsen-Plan recherchiert! Recherchiert, ja! Er hat einen Job getan, wie er in einer freien pluralistischen offenen westlichen Gesellschaft selbstverständlich sein sollte! Selbstverständlich war! Und jetzt liegt er im Spital. Er ist teilweise gelähmt. Hat serienweise Knochenbrüche. Wird seine Hände vielleicht nie wieder gebrauchen können. Morten hat als Journalist sozusagen Prinsen gefragt, ob er sich dessen Axt anschauen kann – und Prinsen hat sie ihn spüren lassen.

TORBEN FRANK Aber das kannst du nie beweisen. Es ist zwischen Mortens Recherchen und dem Überfall auf Morten kein Zusammenhang nachweisbar.

BRIAN LAUDRUP Nicht beweisbar? Ja? Genau das ist der Beweis!

TORBEN FRANK Du bist verrückt!

BRIAN LAUDRUP Verrückt, ja? Wenn der Zusammenhang beweisbar wäre, würde es sich um Dilettanten handeln! Hättest du dann solche Angst? Warum willst du denn euren Artikel unter Pseudonym veröffentlichen, he?

TORBEN FRANK Ja. Aber –

BRIAN LAUDRUP Also. Und du, du! Willst mir erklären, das ist das normale System, das alles hat nichts mit Faschismus zu tun? Es muß geschehen!

TORBEN FRANK Ich glaube, ich will den Artikel zurückziehen.

BRIAN LAUDRUP Nein. Dieser Artikel wird begründen, warum –

TORBEN FRANK Ich will eine solche Begründung nicht liefern.

BRIAN LAUDRUP *beugt sich zu Torben Frank hinunter.* Deine Angst, da drinnen – *er tippt ihm mit dem Zeigefinger auf die Stirn* – schreit geradezu nach einem Attentäter, fleht um Rettung, nun – *er drückt die Kuppe seines Zeigefingers auf Torben Franks Stirn, schreit* Peng! *Torben Frank zuckt erschreckt zurück, Brian Laudrup lacht.* Aber der Attentäter in dir hat Angst. Das ist der Unterschied zwischen dir und Schmeichel, der Unterschied zwischen allen anderen und Schmeichel. Warum kann keiner Schmeichel stoppen? Weil er bereit ist, aufs Ganze zu gehen. Aber keiner seiner Gegner ist bereit, aufs Ganze zu gehen. Schmeichel ist bereit, alles in Kauf zu nehmen, alles zu riskieren. Jede Lüge ist ihm recht, jede Diffamierung, er ist bereit, alle Tabus zu brechen, tut es auch, er bricht die Gesetze, ja, wenn es sein muß den Rechtsstaat insgesamt, die Verfassung, und wenn er zurechtgewiesen wird, verhöhnt er die Verfassungsrichter, er zerstört nicht nur, was fallen will, er läßt sogar den fallen, der ihm geholfen hat beim Zerstören. Er hat keine Skrupel. Skrupel haben nur seine Gegner. Darum kommt keiner an ihn heran. Nur einer kann Schmeichel stoppen – einer, der bereit ist, ebenso aufs Ganze zu gehen wie er. Der ebenso skrupellos ist. Für seine Wähler ist Schmeichel der Mann, der die Welt rettet, ein Messias. Wer Schmeichel ausschalten will, muß genau diesen Anspruch haben: Daß er mit seiner Tat die Welt rettet, ein Erlöser ist – und er wird einer sein. Wer Schmeichel ausschalten will, muß genau diese Selbstgewißheit haben: Daß die Gesetze für ihn nicht gelten – weil er einem höheren Gesetz folgt. Schmeichel mißachtet auch die Gebote. Nicht einmal das Gebot: Du sollst nicht töten, hat für ihn eine Bedeutung. Denke an Morten. Nur derjenige kann Schmeichel stoppen, der begriffen hat: Auch für ihn ist das fünfte Gebot aufgehoben. Schmeichel ist ein Attentäter gegen das System, was ist dagegen ein Attentäter gegen diesen Menschen?

TORBEN FRANK Das Atom ist feig – es zeigt sich nicht!

BRIAN LAUDRUP Wie bitte?

TORBEN FRANK Aber es kann dich umbringen, wenn es frei strahlt. Und so ist es mit der Herrschaft. Die, die dich umbringt, die siehst du nicht, und was du siehst, ist sie nicht!

BRIAN LAUDRUP Noch nicht!

TORBEN FRANK Nie. Die Liebe. Was du liebst und begehrst, hast du alleine deshalb noch nicht errungen. Deine Liebe ist deine Fiktion, solange sie nicht ein Verhältnis wurde. Oder der Haß – stimmt es übrigens, daß deine Frau die Scheidung will?

BRIAN LAUDRUP –

TORBEN FRANK Du willst einen Tyrannen, weil du ein Held sein willst. Einen Aufhetzer morden, um die Harmonie zu retten, die –

BRIAN LAUDRUP Nicht meine Frau. Sie nicht. Mein Schwiegervater will unsere Scheidung.

TORBEN FRANK Und sie?

BRIAN LAUDRUP Liebt mich. Ich liebe sie. Unsere Tochter. Ich will – ach Scheiße! Es ist so ein großes Wort.

TORBEN FRANK Was?

BRIAN LAUDRUP Zukunft. Ich will, daß sie eine Zukunft hat.

TORBEN FRANK Und du nicht? Willst keine haben? Zukunft ist kein großes Wort, es ist bloß eines der letzten im Wörterbuch.

BRIAN LAUDRUP Dann folgt Zuspätkommen, Zwang, Zynismus.

TORBEN FRANK Zuvorkommen, Zwangsjacke und der heilige Zyprian.

BRIAN LAUDRUP Wer ist das?

TORBEN FRANK Du! Er sagte, er gehe zum Gottesdienst, und verließ seine Frau und seine Tochter. Es gelang ihm, mit einem Schwert in der Hand bis zum Großwesir vorzudringen und –

BRIAN LAUDRUP Und?

TORBEN FRANK Und dann hat er sich vor dessen Augen selbst entleibt. So stark war sein christlicher Glaube.

BRIAN LAUDRUP Aber ich will mich ja nicht selbst –

TORBEN FRANK Bist du sicher? Wenn du in deinen Spiegel schießt, dann verschwindest auch du!

BRIAN LAUDRUP Wer redet von Schießen?

TORBEN FRANK Und wenn du mit der Faust in dein Spiegelbild schlägst! Der einzige, der bereit ist aufs Ganze zu gehen, zerstört den einzigen, der bereit ist aufs Ganze zu gehen. Also sich selbst.

BRIAN LAUDRUP Hör zu, mein Freund. Ich –

TORBEN FRANK Nein, du hörst mir jetzt zu. Es stimmt, ich habe Angst. Wegen Morten. Wer immer ihm das angetan hat: Es gibt in jedem Land zwei Prozent Wahnsinnige. Vielleicht drei oder vier Prozent. Sie sind verführbar. Sie überinterpretieren ihre Führer. Sie sind gewaltbereit – weil sie schwach sind. Aber deswegen kannst du doch nicht im Ernst glauben, daß Schmeichel, wenn er Kanzler werden sollte, das Parlament auflöst, die politischen Gegner verhaften läßt, Lager einrichtet – das kannst du doch nicht glauben! Glaubst du im Ernst, daß du wegen Schmeichel in einem KZ landest und –

BRIAN LAUDRUP Ja.

TORBEN FRANK Laß mich so fragen: Du bist wirklich davon überzeugt, daß du wegen eines fiktiven, wegen eines halluzinierten KZs eine Tat begehen mußt, die dich in ein wirkliches Gefängnis bringen wird?

BRIAN LAUDRUP Nein. Das will ich dir doch dauernd erklären. Ich habe einen Plan. Er wird das Land retten, den Kontinent – und unsere Zeitschrift. Und ich werde nicht ins Gefängnis kommen. Der Plan ist ein politisches Kunstwerk. Ein Meisterwerk. Und die Interpretationen werden in unserer Zeitschrift erscheinen. Die Auflage in die Höhe treiben. Ich garantiere dir: Ich werde nicht verhaftet werden! Hör zu! –

Es läutet an der Tür.

TORBEN FRANK Erwartest du wen?

BRIAN LAUDRUP Ja. Nein, nicht direkt. Vielleicht. Ich habe – *geht zur Tür* – ich habe ein Inserat aufgegeben, das wollte ich dir ja gerade erzählen, und vielleicht ist das schon der erste, der – *öffnet die Tür. Zwei Männer kommen herein. Sie weisen sich als Polizisten aus.*

POLIZIST 1 Herr Brian Laudrup?

BRIAN LAUDRUP Ja?

POLIZIST 2 Wir müssen Sie bitten, mitzukommen. Zu einem – Gespräch. *Er hält ein Papier vor ihn hin.*

BRIAN LAUDRUP Warum? Ich meine – was? –

POLIZIST 1 Routine. Eine reine Routineangelegenheit. Sie haben doch dieses Inserat geschaltet. *Hält ihm eine Zeitungsseite mit Kleininseraten hin, ein Inserat rot umkringelt.*

BRIAN LAUDRUP Ja, aber –

POLIZIST 2 Dazu gäbe es einige Fragen.

BRIAN LAUDRUP Das ist ganz leicht zu erklären, das –

POLIZIST 1 Sicher. Wollen Sie noch etwas einpacken? Haben Sie Familie? Wollen Sie noch jemanden verständigen?

BRIAN LAUDRUP Wollen Sie mich nicht noch über meine Rechte aufklären?

POLIZIST 2 Ich glaube, Herr Laudrup hat zu viele amerikanische Filme gesehen.

POLIZIST 1 Definitiv!

Beide lachen.

BRIAN LAUDRUP Und ein Anwalt! Kann ich einen Anwalt anrufen?

POLIZIST 2 Hab ich's nicht gesagt? Er glaubt, das ist ein Hollywoodfilm.

POLIZIST 1 So ein Gerichtssaalkrimi mit diesen Anwälten: Einspruch, Euer Ehren!

POLIZIST 2 Einspruch abgelehnt!

Beide lachen.

TORBEN FRANK Wo bringen Sie ihn hin. Wie kann ich –

POLIZIST 1 Landesgericht.

POLIZIST 2 Er wird auch von dort telefonieren können.

Laudrup mit den beiden Kriminalbeamten ab.

TORBEN FRANK *setzt sich an Laudrups Schreibtisch, nimmt die Zeitung, liest das Inserat.* Das – das ist doch – ! Einen Aids-Kranken – sucht er. Wollte er? – Ja. Daß ein Todkranker, einer, der nichts mehr zu verlieren hat, eine letzte gute Tat – seinem Leben einen Sinn. Und Schmeichel –

Er reißt die Schubladen von Laudrups Schreibtisch auf, wühlt, sucht, öffnet Mappen, die auf dem Schreibtisch liegen, blickt um sich, durchsucht die Regale.

14. Szene

Flemming Povlsen, Henrik Andersen. In der Villa des Kanzlers.

Povlsen liegt auf einem Sofa, Andersen sitzt auf einem Fauteuil am Kopfende von Povlsen. Es macht ein wenig den Eindruck einer Psychoanalyse-Stunde.

FLEMMING POVLSEN Du hast mich nicht verstanden, Henrik! Ich bin nicht erschöpft. Ich bin tot. Es geht mir ausgezeichnet. Laß mich die Stahlwerke managen, einen Autokonzern leiten, und ich verdreifache die Dividenden. Da solltest du mich sehen, du würdest glauben, ich steh unter Strom. Aber politisch bin ich tot. Ich bin politisch tot.

HENRIK ANDERSEN Ich – verstehe.

FLEMMING POVLSEN Du verstehst mich nicht, Henrik. Was ich dir sagen wollte, war, nicht ich, ich, verstehst du, sondern der sozialdemokratische Kanzler ist tot. Die Sozialdemokratie ist tot. Ich kann irgend etwas machen, irgendeinen Job – und leben. Sehr gut leben. Aber das Amt. Es ist wie ein Kostüm – und ich – ich erzähle dir was, Henrik. Als ich vier war, oder fünf, das weiß ich nicht mehr, es war jedenfalls noch im Kindergarten. Faschingsfest. Alle Kinder sollten in einem Kostüm kommen. Das war für meine Eltern ein Problem. Da war kein Geld, um ein Kostüm zu kaufen, Zauberer wäre ich gern gewesen, da gab es in der Auslage von Eriksson auf der Gothersgade eine Ausrüstung – Ausrüstung hieß das damals, da war alles dabei, ein Umhang so mit Sternen drauf, ein großer Hut, alles, inklusive Zauberstab. Die meisten Eltern haben für ihre Kinder dort eingekauft, Cowboy oder Indianer, eine Zorro-Ausrüstung gab es dort, alle möglichen Masken, was weiß ich. Aber das kam für meine Eltern nicht in Frage, das war zu teuer. Und meine Mutter hat die Idee gehabt, daß ich als Förster gehen soll. Förster? Habe ich gesagt, und meine Mutter: Ja! Förster. Das ist ein tolles Kostüm, und du wirst sehen, das hat kein anderes Kind. Es wird so viele Zauberer geben, daß sie eine Fußballmannschaft nur mit Zauberern bilden können, Indianer – ganze Stämme! Jede Menge Cowboys. Aber du wirst der einzige Förster sein – du wirst sehen, du gewinnst noch den Preis für das beste Kostüm. Ich war ein braves Kind. Ich habe an meine Mutter geglaubt, so wie an den lieben Gott. Ich dachte, es wird ein Wunder geschehen. Weißt du, Henrik, was das Furchtbarste war? Ich habe mich gefreut auf das Faschingsfest. Auf mein Kostüm. Na ja, dann kam der Tag.

HENRIK ANDERSEN Und dann. Wie warst du als Jäger?

FLEMMING POVLSEN Förster. Meine Mutter gab mir meine Lederhose zum Anziehen, dazu irgendein warmes Hemd, darüber eine grüne Weste, die grüne Weste, die ich damals schon den ganzen Winter in den Kindergarten anziehen mußte. Das Problem war die Lederhose. Es war kalt. Damit ich mich nicht mit der kurzen Hose verkühle, mußte ich darunter eine Wollstrumpfhose anziehen. Eine Strumpfhose – wie ein Mädchen. Das war der Förster: Im Grunde ein Transvestit.

HENRIK ANDERSEN *lacht.* Und? Hast du gewonnen? Den Preis für das beste Kostüm?

FLEMMING POVLSEN Ich habe geweint. Ich habe mich gewehrt. Ich habe keine Chance gehabt. Und weißt du, was das Ärgste war? Es war heiß. Die vielen Menschen, alle Kinder und noch ihre Eltern, das hat es noch ärger gemacht. Ich habe furchtbar geschwitzt mit der Wollstrumpfhose und der dicken grünen Weste. Gestern, bei dem Fernsehinterview, als ich da vorher so einen Puder ins Gesicht bekommen habe, damit mein Gesicht nicht glänzt, oder wenn ich ein bißchen schwitze, damit man das nicht so sieht, da habe ich mich gefragt: Wieso würden Menschen, diese schwitzenden, vom Leben betrogenen Stinktiere, nie einen wählen, der wegen der Lampen im Studio schwitzt. Oder wegen der Wollstrumpfhose, weil kein Geld da war für ein passendes Kostüm?

HENRIK ANDERSEN *nach einer Pause.* Du bist überarbeitet. Ausgelaugt.

FLEMMING POVLSEN Zuerst war für mich kein Geld da für die Zauberer-Ausrüstung, und ein halbes Jahrhundert später bekommt einer wie ich eine Kanzler-Ausrüstung. Was bleibt da noch übrig? Was kann man da noch wollen, was tun? Ich glaube, daß heute dieses Amt nur noch einer wollen kann, der wirklich nichts anderes will als dieses Amt. Dem alles andere egal ist, alles, vor allem Politik. Politisches Desinteresse und ein brennender Ehrgeiz nach dem Titel – das sind die Voraussetzungen heute für das Kanzleramt. Da oder dort ein bißchen Nachjustieren, was so anfällt, und dabei immer sagen: Ja, ja, die internationale Entwicklung. Und alle anderen sagen: Ja, ja, Herr Kanzler! – Das ist alles. Alles. Aus. Weißt du, was mich wundert, Henrik?

HENRIK ANDERSEN *schaut auf die Uhr.*

FLEMMING POVLSEN Das System hat doch wirklich gut funktioniert, über Jahrzehnte. Menschen konnten studieren, bekamen Karrierechancen, die vor hundert Jahren für ihresgleichen unvorstellbar gewesen sind. Unvorstellbar. Wir haben jedes Jahr den Kuchen neu verteilt, nicht wirklich gerecht, aber doch so gerecht wie nie zuvor in der Geschichte. Zahllose einzelne haben davon profitiert, auf der einen Seite, und auf der anderen Seite das Kapital insgesamt. Wenn einer irgendwo einen Betrieb aufmachen wollte – wir haben ihm das Gelände geschenkt, die Erschließung, die Anbindung, die ganze Infrastruktur besorgt, wir haben ihm die Halle hingestellt, die Maschinen subventioniert, die Arbeitsplätze mit Millionen Kronen gestützt, und dann noch dafür gesorgt, daß die Menschen genug Geld in der Tasche haben, damit sie sich kaufen können, was da produziert wurde. Es ist allen immer gutgegangen, weil es allen immer besserging. Ist doch wahr, oder?

HENRIK ANDERSEN Ja. Aber was wundert dich, was verstehst du jetzt nicht?

FLEMMING POVLSEN Ich dachte immer, daß das im Menschen drinsteckt: Daß er profitieren will. Und es haben doch alle profitiert. Die Kuh hat Milch gegeben, Henrik. Warum wollen jetzt alle die Kuh schlachten? Verstehst du das? Menschen, die studiert haben, wollen das System zerstören, das ihnen ermöglicht hat zu studieren. Das Scheitern der Idee von Chancengleichheit wird bejubelt von denen, die ihre Chancen gehabt haben, noch mehr aber von den Chancenlosen. Das Scheitern der Idee, eine wirklich gerechte Welt zu bauen, wurde von niemandem so sehr bejubelt wie von den Entrechteten. Die Trauer mancher Privilegierter, daß der Geist nichts gegen Waffen ausrichtet, wird verhöhnt von jenen, auf die die Waffen gerichtet sind. Oder die Unternehmer – wir haben ihnen die Maschinen hingestellt, um Arbeitsplätze zu schaffen, und jetzt wollen sie die Menschen von diesen Maschinen wegrationalisieren. Maschinen! Alles haben wir ihnen geschenkt: Im Grunde sogar die Märkte, durch die Massenkaufkraft, die wir produziert haben. Das alles wollen sie jetzt kaputtmachen. Reinschlagen mit der Axt. Massenarbeitslosigkeit, einbrechende Kaufkraft – ja was wollen sie denn? Daß Marsmännchen kommen und ihnen ihren Ramsch abkaufen?

HENRIK ANDERSEN Ganz so ist es ja nicht, Flemming. Die Voraussetzungen haben sich geändert, damit die Interessenlagen. Die Globalisierung –

FLEMMING POVLSEN Ja, ja, die internationale Entwicklung. Das meine ich mit politischem Desinteresse. Mitlaufen, Dabeisein – das hat mit Politik nichts mehr zu tun. Politik. Ich lach mich tot. Tot. Was ist ein Politiker? Ein Mitläufer ohne Familienleben.

HENRIK ANDERSEN *schaut auf die Uhr.* Wir werden das jetzt nicht ändern können und – *er steht auf.*

FLEMMING POVLSEN Wenn ich das als Kanzler nicht ändern kann, wozu soll ich Kanzler spielen?

HENRIK ANDERSEN Es ist spät. Du bist erschöpft.

Morgen mußt du fit sein. Gleich um acht die Pressekonferenz zur Bildungsoffensive. Dann um elf die Rede vor den Wirtschaftsvertretern. Ich habe dir die Rede auf den Tisch gelegt. Schau sie dir noch an, dann schlaf! Weißt du, das Problem ist –

FLEMMING POVLSEN Das Problem ist: Du warst sicher ein Cowboy!

HENRIK ANDERSEN Ciao – *Er zögert.* Kanzler. *Ab.*

15. Szene

Claus Christiansen, Pia Piechnik, dann Lars Andersen.

Das Zimmer des Vizekanzlers.

CLAUS CHRISTIANSEN Die Telefone sind abgeschaltet?

PIA PIECHNIK Ja. Wir sind ungestört. *Sie kniet nieder, schiebt das Beistelltischchen der Sitzgruppe zur Seite, befindet sich daraufhin kurz in einer Hundestellung, auf allen vieren, lächelt über die Schulter zurück zu Christiansen, der sich seitlich hinter sie kniet. Sie richtet sich auf, rutscht auf Knien zurück, bis sie neben ihm kniet. Sie falten beide die Hände, senken den Kopf.*

PIA PIECHNIK Augustinus?

CLAUS CHRISTIANSEN *nickt.*

PIA PIECHNIK Confessiones 8. 7. 17 ? – »Gib mir Keuschheit und Enthaltsamkeit, aber bitte nicht sofort.« – Bis 8. 12. 28?

CLAUS CHRISTIANSEN Nein! Nein! Heute nicht.

PIA PIECHNIK Ich dachte nur, weil das Ende so gut passen würde, für dich, gerade jetzt: »Wie lange noch, wie lange noch, dieses morgen, ja morgen? Warum nicht sofort « –

CLAUS CHRISTIANSEN Nein, heute nicht diese Stelle. De diversis quaestionibus! 3. 11. 19. *Er legt die Stirn auf die Spitzen seiner gefalteten Hände, Pia Piechnik tut es ihm gleich.*

PIA PIECHNIK Gelassenheit und Größe.

CLAUS CHRISTIANSEN »Das ist die Beschränktheit der

Lebenden: Würden sie einen Toten ausgraben und die Made sehen, die an seinem Fleische nagt – Ekel! Ekel würden sie empfinden. Und nun befrage sie, ob sie es vorzögen, der Tote oder die Made zu sein. Lüge, nichts als Lüge wäre die Antwort der Lebenden: Natürlich der Tote wollte ein jeder sein, und nicht der schmarotzende Verweser. Und doch wollen sie leben und fürchten den Tod. Und nun befrage die Made: Auch sie wird den Tod loben, aber wieviel näher bei Gott ist sie? Was der Pfaffe am Grabe versprochen, hat sie eingelöst: Das Leben nach dem Tode. Wäre sie begabt zu Glück, sie wäre wahrlich ein dankbarer Christ. Wäre sie Mensch, sie wollte Papst werden. Wäre sie ein Philosoph, sie würde Tinte scheißen, die vom Tod als einem Festmahl kündet. Was du aber den Menschen nennst, den Christen, den ach so tiefschürfenden Philosophen – sie alle sind vor dem Tod Maden und wissen es nicht. Sie sind todunglücklich, weil sie glauben, als Menschen sagen zu müssen: Sie wollen lieber der Tote sein, und nicht das Geschöpf des Herrn, das sich lebendig im Gewesenen labt.«

PIA PIECHNIK »Sei, wenn du betest, die Made, und du bist Gottes Verweser auf Erden.«

CLAUS CHRISTIANSEN So sei es. – Jetzt noch Confessiones 4. 2. 2. – »... die Fähigkeit, durch kunstvolles Reden den Sieg davonzutragen ...«

Sie deklamieren und meditieren murmelnd weiter.

LARS OLSEN *tritt auf. Er sieht sich suchend um, deklamiert.* Wer sieht die Seele, wo es um Ehre geht? Und wenn ich auch gleich meinen Schatten verkaufte, wer sieht sein Fehlen im prallen Licht? Geht mir also aus der Sonne, jeder Einwand ist nur Ehrabschneiderei! –

Nun sieht er Christiansen und Frau Dr. Piechnik. Er senkt den Kopf, faltet die Hände, geht zu ihnen hin, kniet neben ihnen nieder und betet mit.

16. Szene

Peter Schmeichel, Achmed, Møller Nielssen. In Schmeichels Haus.

Schmeichel sitzt im Morgenmantel auf einem bequemen Sessel, ihm gegenüber, auf einem Fußschemel, Achmed. Schmeichel hat ein Bein auf Achmeds Schoß gelagert, Achmed massiert Schmeichels Zehen und Fußsohlen.

ACHMED Es kommt dann gleich Mann von der Staatspolizei. Die Chef, Monsieur! Muß wichtig sein für Staat, wenn gleich die Polizeichef selbst –

PETER SCHMEICHEL Der Chef. Es heißt: Der – Au!

ACHMED Ich schlage vor Military. Jeans olive, Hemd kurzarm, und Schuh – klar! Schnürstiefel.

PETER SCHMEICHEL Au! Achmed! Du sollst die Füße massieren, nicht brechen! Jaaa. So!

ACHMED Ich haben auch Stiefel schon massiert, Monsieur, mit viel Creme und weichem Tuch –

PETER SCHMEICHEL Schnürstiefel! In meinem eigenen Haus kann ich doch –

ACHMED Nein, Monsieur. Der Polizeichef. Will einen Mann sehen, nicht Hausfrau.

PETER SCHMEICHEL Hausfrau! Du siehst ja, in welchem Zustand meine Füße sind. Diese Stiefel drükken fürchterlich. Ich will –

ACHMED Wer Druck spürt, kann Druck weitergeben. Soll Polizeichef vielleicht heimgehen ins Hauptquartier und erzählen, Herr Schmeichel hat Hausschuh in rosa Plüsch mit vorn drauf Gesicht von Schwein? Man wird fragen: Und hat Herr Schmeichel auch Ringelschwänzchen? Man wird sagen, Hausschweinschuh soll vielleicht Abschreckung sein gegen illegale Moslem, die nach Dänemark kommen wollen. Man wird sagen: Schmeichel will Ausländern Tritt in Hintern geben mit Hausschuh aus Plüsch!

PETER SCHMEICHEL Ist gut, Achmed, ist ja gut. Also die Schnürstiefel.

ACHMED Kommt Polizeichef wegen diese Drohbriefe?

PETER SCHMEICHEL Ja. Ich nehme an, daß er Informationen hat, die er mit mir – Achmed! Die er mit mir besprechen will.

ACHMED Haben Monsieur Angst?

PETER SCHMEICHEL *lacht laut auf.* Natürlich.

ACHMED Und warum müssen Sie darüber lachen?

PETER SCHMEICHEL Weil das saukomisch ist, Achmed. Weil ich schon Angst gehabt habe, daß ich nicht bedroht werde. Wenn ich diese Drohbriefe nicht bekommen hätte – ich hätte sie erfinden müssen. Müßte man alle Einwohner unseres Staates alphabetisch nach Stichwörtern ordnen, neunzig Prozent wären eingeordnet unter A: Wie Angst. Sie haben Angst, die sie gar nicht benennen können. Und wer kann ihnen den Kampf gegen die Angst glaubwürdig versprechen? Nur ich. Mir werden sie jetzt glauben. Weil ich bedroht werde, die Angst selbst kennengelernt habe. Jetzt hat die Angst ein Gesicht. Und der Kampf gegen die Angst hat einen Namen.

ACHMED Aber Ausländer raus, Angst bleibt drin.

PETER SCHMEICHEL Ausländer raus – ach was! Es geht nur um den Satz!

ACHMED Bodensatz!

PETER SCHMEICHEL Boden der Verfassung. Es ist die – Au! – die Aufgabe des Staates, seinen Bürgern Schutz zu bieten. Aber sie haben Angst. Friedliebende fleißige Menschen müssen Angst haben, ohne daß etwas dagegen unternommen wird.

ACHMED Das wird Mann von Polizei nicht gern hören!

PETER SCHMEICHEL Weil der Polizei die Hände gebunden sind, weil die Regierung versagt hat. Statt mehr Ausländer, mehr Polizei, werde ich rufen, mehr Kompetenzen für die Polizei.

ACHMED Wird Mann von Polizei gerne hören.

PETER SCHMEICHEL Ja, und dann sollen die Zeitungen wieder schmieren: Populist!

ACHMED Kanzler, Vizekanzler, sind auch nur Populisten, nur nicht so populär.

PETER SCHMEICHEL Populisten, die nicht populär sind – sehr gut, Achmed. Notier das!

ACHMED So, Monsieur. Sind wieder trittfest. Jetzt Zäpfchen gegen Schmerz und geht schon. Später noch Fußbad.

PETER SCHMEICHEL Wenn das wer erfährt.

ACHMED *geht zum Schrank, nimmt Hemd, Hose, Socken heraus.* Was erfährt? Zäpfchen? *Legt die Kleidungsstücke vor Schmeichel hin.*

PETER SCHMEICHEL Nein. Die Polyathritis. Daß ich kaum noch gehen kann. Ich. In meinem Alter. Eine Großvaterkrankheit.

ACHMED *geht zu einer Kommode, nimmt eine Tablet-*

tenpackung heraus, bringt sie Schmeichel. Großvater war früher. Heute ist Gene. Ich kann Zehen verwenden wie Finger. Andere Gene. Ist gut für nichts. Ist näher beim Affen. Und was mache ich? Den Affen für Monsieur. Ich wär lieber Chef mit Athritis als Affe mit Füß wie Hände.

PETER SCHMEICHEL *nimmt ein Zäpfchen aus der Pakkung, hält es mit Daumen und Zeigefinger, betrachtet es, streckt die Hand aus und führt das Zäpfchen – ein Projektil – langsam in gerader Flugbahn auf sich zu. Geht in die Hocke, führt das Zäpfchen ein.*

ACHMED *auf den hockenden Schmeichel hinunterblickend.* Mein Großvater ist noch Schuhputzer gewesen. Und mein Vater. *Wendet sich ab. Geht zum Schrank, holt die Stiefel, Schmeichel zieht Hose und Hemd an, dann hilft ihm Achmed in die Schuhe, schnürt sie zu.*

PETER SCHMEICHEL *blickt auf Achmed hinunter, will etwas sagen, sagt es dann doch nicht.*

ACHMED Ja, Monsieur?

PETER SCHMEICHEL Nichts. Vergiß es.

ACHMED Vergessen, was nicht gesagt, ist so schwer wie erinnern. *Steht auf.* Aber vielleicht wird mein Sohn nicht mehr Schuhmann werden. Weil ich immer dran denke: Vergessen! *Geht ab.*

PETER SCHMEICHEL *macht einige vorsichtige Schritte, stampft mit dem einen, dann mit dem anderen Fuß auf, macht stehend mit den Füßen Abrollbewegungen, atmet durch, geht zum Spiegel, betrachtet sich. Er nimmt die Waffe von der Kommode, legt mit Blick in den Spiegel an, dann entlädt er sie und legt die Munition in eine Lade der Kommode.*

ACHMED *die Tür öffnend, in der Tür stehenbleibend.* Monsieur Møller Nielssen, Monsieur!

PETER SCHMEICHEL *legt die Waffe auf das Tischchen neben der Sitzgruppe, wirft eine Zeitung darüber.*

MØLLER NIELSSEN *an Achmed vorbei ins Zimmer eilend.* Verehrung, Herr Parteiobmann!

PETER SCHMEICHEL Lieber Freund, nehmen Sie Platz, nehmen Sie doch Platz!

MØLLER NIELSSEN Erlaube mir Platz zu nehmen! Danke verbindlichst!

PETER SCHMEICHEL Was kann ich Ihnen anbieten?

MØLLER NIELSSEN Danke verbindlichst, bin im Dienst.

PETER SCHMEICHEL Ich auch, also – Achmed!

ACHMED Monsieur?

PETER SCHMEICHEL Chablis! Und – ja! Ein paar Austern –

ACHMED Sofort, Monsieur.

PETER SCHMEICHEL Und? Lieber Møller. Haben Sie ihn ausgeforscht? Sitzt er bei Wasser und Brot?

MØLLER NIELSSEN Ja. Nein. Wir haben einen Mann verhaftet. Aber: Zwickmühle. Alles klar, einerseits. Andererseits: Keine Handhabe. Sprich Polizeibefugnisgesetz, Herr Parteiobmann. Wir mußten ihn wieder freilassen.

PETER SCHMEICHEL Das heißt, Sie wissen, wer die Drohbriefe geschrieben hat, aber Sie können es nicht beweisen.

MØLLER NIELSSEN Schriftgutachten: Negativ. Fingerabdrücke: Negativ. Aber drei Tage länger in U-Haft – und wir hätten ihn. Geständnis wäre möglich gewesen, Herr Parteiobmann. Aber Polizeibefugnisgesetz.

PETER SCHMEICHEL Kann man ändern, lieber Møller, kann man ändern. Was ist der Verdächtige für ein Mann?

ACHMED *kommt herein mit einem großen Tablett. Weinflasche in einem Kühler, zwei Gläser, eine Platte mit geöffneten Austern. Stellt es auf das Tischchen, zieht sich zurück.*

PETER SCHMEICHEL Würden Sie mir bitte reinen Wein einschenken?

MØLLER NIELSSEN Selbstverständlich, Herr Parteiobmann. *Schaut, lacht.* Ach so *Lacht.* Ja. *Nimmt die Flasche, schenkt ein.*

PETER SCHMEICHEL Also, was ist das für ein Mann? Sehr zum Wohle!

MØLLER NIELSSEN Ein Wahnsinniger. Gesundheit! Er will Sie töten. Besser gesagt: töten lassen. Wir konnten seiner habhaft werden aufgrund eines Hinweises nach einer Schaltung einer Insertion –

PETER SCHMEICHEL Inser – rat? – ja?

MØLLER NIELSSEN Rat. Ja. Der Verdächtige inserierte, daß er einen AIDS-Kranken sucht. Die Formulierung der Insertion war dazu angetan, daß –

PETER SCHMEICHEL Einen AIDS-Kranken?

MØLLER NIELSSEN Ja. AIDS-Kranker praktisch als Waffe. Die praktisch nicht bestraft werden kann – weil praktisch tot – das war die Idee: Finde linken AIDS-Kranken, sprich in wenigen Monaten tot, der erschießt rechten Führer. Handhabe: Null. Polizei machtlos. Dagegen Selbstmordattentäter unten, in Israel, alle Achtung! Geht gesund hin, dann tot! Andere Kultur, sozusagen.

PETER SCHMEICHEL Und?

MØLLER NIELSSEN Wir behalten ihn im Auge. Sprich Observierung. Sein Name ist Laudrup, Brian. Beruf: Journalist.

PETER SCHMEICHEL Wo schreibt er? Der Name kommt mir bekannt vor, aber –

MØLLER NIELSSEN »Agora«. Anarchoblatt. Sprich Sammelbecken für sogenannte Linksintellektuelle. Voriges Jahr, erlaube mir zu erinnern, Medienprozeß – Sie hatten ihn verklagt, Herr Parteivorsitzender.

PETER SCHMEICHEL Ich weiß gar nicht, wie viele Prozesse ich letztes Jahr hatte. *Ißt eine Auster, trinkt.* Greifen Sie zu! Haßt er mich deshalb, weil ich ihn –

MØLLER NIELSSEN Danke verbindlichst. Schwer – *schlürft, schluckt* – ausgezeichnet. Schwer zu sagen. Er hat den Prozeß – praktisch gewonnen.

PETER SCHMEICHEL Er hat einen Prozeß – gegen mich – gewonnen?

MØLLER NIELSSEN Jawoll, Herr Parteivorsitzender. Er hatte geschrieben, praktisch abgedruckt in seiner Zeitung, daß man Sie nicht als Neo-Nazi bezeichnen darf –

PETER SCHMEICHEL Hat er ja recht! Deshalb habe ich geklagt?

MØLLER NIELSSEN Nein. Achtung: Nachsatz. Nicht Neo-Nazi, weil: Praktisch nichts Neo bei Ihnen. *Lacht. Bricht das Lachen ab. Trinkt.* Ausgezeichnet! *Stellt das Glas ab.* Der Medienrichter, quasi Sympathisant, hat befunden: Daß Sie kein Neo-Nazi, ist keine ehrenrührige Behauptung.

PETER SCHMEICHEL Diese Brut. Gehört ausgeräuchert.

MØLLER NIELSSEN Jawoll. Sehr zum Wohl, Herr Parteiobmann. Jedenfalls Laudrup. Wird observiert. Wenn er etwas plant – wir schlagen zu. Allerdings: Polizeibefugnisgesetz –

PETER SCHMEICHEL Sie können sich auf mich verlassen. Sie bekommen, was Sie brauchen. Kann ich mich auf Sie verlassen?

MØLLER NIELSSEN Jawoll.

PETER SCHMEICHEL Der Apparat –

MØLLER NIELSSEN Liegt Ihnen zu Füßen. Natürlich, da oder dort praktisch Quertreiber, sprich Sozis –

PETER SCHMEICHEL Zu Füßen! Zu Füßen! In die Hände will ich ihn bekommen. In die Hände. Und dann – Møller Nielssen!

MØLLER NIELSSEN Jawoll!

PETER SCHMEICHEL *hebt das Glas.* Auf eine freie Heimat.

MØLLER NIELSSEN *hebt das Glas.* Auf eine freie Heimat.

PETER SCHMEICHEL Es wird Ihnen schwerfallen. Es wird schmerzhaft für Sie werden. Sie werden Skrupel bekommen. Man wird Sie verunsichern. Sanft. Gefühlsebene, verstehen Sie? Sie werden Gefühle zeigen. Und dann –

MØLLER NIELSSEN Gefühle?

PETER SCHMEICHEL – werden Sie mich verraten, unsere gemeinsame Sache. Ihre Sache. Ihre – eigene Zukunft.

MØLLER NIELSSEN Nie. Warum?

PETER SCHMEICHEL Die Schmerzen. Werden Sie sie ertragen? Wie kann ich das wissen? Sie werden Menschen zertreten müssen, die Sie seit zwanzig

Jahren kennen, vernichten, was Ihnen vertraut, zerstören, was Sie gewohnt – Sie werden eiskalt sein müssen zu Kollegen, die Sie weinend daran erinnern werden, daß Sie der Taufpate ihrer Kinder, Trauzeuge ihrer Ehen, Festredner ihrer Geburtstage – und Sie werden sie vernichten müssen, weil Sie nur noch Gefolgschaft dulden können, weil Sie nur noch Gehorsam akzeptieren dürfen – hören Sie zu! Ich weiß, daß Sie für Kinder von Sozis den Patenonkel machen – und Sie wollen den Apparat in den Griff kriegen? Mit Teddybären oder was?

MØLLER NIELSSEN Jawoll! Sprich –

PETER SCHMEICHEL Kann ich mich auf Sie wirklich verlassen? Wir brauchen die Medien. Wir brauchen den Polizeiapparat. Ich kümmere mich um die Medien. Und Sie? Werden Sie Ihre Aufgabe erfüllen können?

MØLLER NIELSSEN Gehorsamst ja, Herr Kanzler!

PETER SCHMEICHEL Sie sind ein Schleimer. Bin ich Kanzler? Nein. Sie glauben, es schmeichelt mir, wenn Sie schon jetzt Kanzler zu mir sagen? Sehen Sie nicht, daß mir das verdächtig erscheinen muß? – So wie Sie heute mir treu sind, sind Sie vielleicht schon morgen einem anderen treu. *Nimmt eine Auster, schlürft sie.* Greifen Sie zu. *Nimmt die Zeitung, die auf der Waffe liegt, wirft sie auf den Boden.*

MØLLER NIELSSEN *streckt die Hand aus, um sich eine Auster zu nehmen, sieht die Waffe, er stutzt. Seine Hand schwebt unschlüssig über dem Tischchen.*

PETER SCHMEICHEL So greifen Sie doch zu!

MØLLER NIELSSEN Die Walther! Eine perfekte Waffe.

PETER SCHMEICHEL Greifen Sie zu! *Steht auf.*

MØLLER NIELSSEN *nimmt die Waffe, wiegt sie in der Hand. Sieht Schmeichel an.*

PETER SCHMEICHEL Wollen Sie sie ausprobieren? Bitte! Legen Sie an.

MØLLER NIELSSEN *schwenkt unsicher die Waffe, während er sich im Zimmer umsieht.*

PETER SCHMEICHEL Legen Sie an! Kommen Sie schon! An Ihre Schläfe! – Haben Sie nicht verstanden? An Ihre Schläfe!

MØLLER NIELSSEN *lacht, schüttelt den Kopf, will die Waffe wieder auf den Tisch legen.*

PETER SCHMEICHEL Anlegen! Haben Sie nicht – *öffnet eine Lade der Kommode, nimmt eine zweite Walther heraus, richtet sie auf Møller Nielssen* – verstanden! So! Anlegen! An die Schläfe! Und? Was geht Ihnen durch den Kopf?

MØLLER NIELSSEN Durch den Kopf? Ich erlaube mir, ich verstehe nicht –

PETER SCHMEICHEL Sie verstehen nicht? Es muß Ihnen doch jetzt etwas durch den Kopf gehen. Wir wissen: Eine Kugel ist es nicht. Also was? Fragen!? Ist Ihre Waffe geladen? Ist meine geladen? Ihre wahrscheinlich nicht, ich will ja wohl weder Sie gefährden, wenn ich sage an die Schläfe! Schon gar nicht will ich mich gefährden, wenn Sie auf den Gedanken kommen sollten, auf mich anzulegen. Denken Sie vielleicht. Denken Sie? Wahrscheinlich ist nur meine Waffe geladen – und entsichert. Sicher ist sicher. Wenn Sie logisch überlegen. Andererseits: Vielleicht sind beide geladen. Fair play. Oder beide sind nicht geladen. Wissen Sie es? Ich weiß es. Wären Sie jetzt alleine, sie könnten am Gewicht der

Walther erkennen, ob sie scharf ist oder nicht. Und? Wie ist das Gewicht? Wie kompetent sind Sie im Streß? Sie können es nicht beurteilen? Die Waffe wiegt plötzlich eine Tonne? Wissen Sie, wie die Muskeln im Oberarm und im Schultergürtel heißen, die jetzt ganz schwer werden? Wären Sie alleine, Sie würden es wissen. War Teil Ihrer Ausbildung. Also. Sie wissen plötzlich nichts mehr. Macht nichts. Sie müssen jetzt – Schläfe! Ja, gut so! – Sie müssen jetzt nur noch eines wissen! Daß nur ich weiß, wie die Sache steht. Und daß ich jetzt etwas von Ihnen hören will! Also? Was geht Ihnen durch den Kopf?

MØLLER NIELSSEN Ich – habe – drei Kinder!

PETER SCHMEICHEL Noch nicht ganz die richtige Antwort. Aber sie führt zur richtigen Antwort. Drei Kinder, ja? Und Sie wollen, daß sie leben! Sie wollen doch, daß sie eine Zukunft haben, in einem freien gesunden selbstbestimmten Heimatland?

MØLLER NIELSSEN Ja! Und –

PETER SCHMEICHEL Und was geht Ihnen jetzt also durch den Kopf?

MØLLER NIELSSEN Frei. Freies – gesundes –

PETER SCHMEICHEL Gut! Land der Zukunft. Land unserer Kinder. Auf Leben und Tod!

MØLLER NIELSSEN Leben und Tod! Gesund, selbst – bestimmt –

PETER SCHMEICHEL Das ist ja gleich was anderes, als die Schmiere von vorhin – Bin ich Kanzler?

MØLLER NIELSSEN Nein.

PETER SCHMEICHEL Soll ich es werden?

MØLLER NIELSSEN Ja, Herr –

PETER SCHMEICHEL Gut. Sie vertrauen mir?

MØLLER NIELSSEN Ja. Woll.

PETER SCHMEICHEL Sie folgen mir?

MØLLER NIELSSEN Ja. Praktisch gehorsamst.

PETER SCHMEICHEL Gut. Drücken Sie ab. Drücken Sie ab!

MØLLER NIELSSEN *springt auf, macht einige Schritte, immer dabei die Waffe an der Schläfe. Kichert, keucht, starrt Schmeichel an.*

PETER SCHMEICHEL Drücken – Sie – ab – Jetzt!

MØLLER NIELSSEN *schreit auf, sinkt vor Schmeichel auf die Knie und drückt ab. Es macht »klick«. Er beginnt hysterisch zu kichern.*

ACHMED *kommt herein, sieht den kichernden Polizeichef vor Schmeichel knien, bleibt in der Tür stehen.*

PETER SCHMEICHEL *hilft Møller Nielssen auf, nimmt ihm die Waffe aus der Hand, legt sie auf den Tisch, umarmt ihn.* Ich kann mich auf Sie verlassen.

MØLLER NIELSSEN *schnaufend und keuchend.* Ja!

PETER SCHMEICHEL Ich habe da eine Liste, Namen. Nur Namen. Über die muß ich alles wissen. *Legt ihm den Arm um die Schulter, geht mit ihm zur Tür.* Manche Namen wirst du kennen. Es sind nur Namen. Denk daran. Nur Namen. Oder Tretminen auf unserem – gemeinsamen Weg.

MØLLER NIELSSEN Namen.

PETER SCHMEICHEL Die man vergessen wird. Achmed bringt dich hinaus. Sag: Hast du einen Hund? Ich liebe Hunde.

MØLLER NIELSSEN *nickt.*

PETER SCHMEICHEL Bring ihn das nächste Mal mit, deinen Hund.

MØLLER NIELSSEN *nickt. Mit Achmed ab.*

PETER SCHMEICHEL *wartet einen Moment, dann leise.*
Wuff!

17. Szene

Schmeichel, zwei Frauen, später Achmed. Schmeichels Haus.

Schmeichel liegt auf einem Massagebett, auf dem Rücken, nackt, reglos. Vor dem Bett steht eine kleine Plastikwanne. Zwei Frauen waschen Schmeichel mit Schwämmen und Tüchern.

FRAU 1 Es ist tot?
FRAU 2 Ja. Abgegangen.
FRAU 1 Du hast Glück gehabt.
FRAU 2 Wo ist das Glück?
FRAU 1 Stell dir vor, es hätte gelebt. Wie hättest du –
FRAU 2 Es gab ja Kinder, die lebten. In unserem Haus. Familie. Hat das nach Scheiße gestunken. Aus den aufgeschlitzten Bäuchen heraus. Glück? – Weil die Männer mich nicht – sondern nur – damit mein Bauch behalten kann den Zellhaufen?
FRAU 1 Du lebst. Du bist in Sicherheit. Und das Kind der Mörder wird nicht leben.
FRAU 2 Kind. Weißt du, einmal habe ich das Glück kennengelernt. Alle waren am Leben. Die ganze Menschheit. Sogar meine Urgroßmutter. Der Tod war von allen Menschen gleich weit entfernt. Es war der Sonntag vor dem 20. Mai. Ich war vierzehn. Ein riesiges Fest, die ganze Familie, halb Srebrenica – ich wurde verabschiedet, weil ich ausgewählt worden war, nach Belgrad zu fahren, um zu tanzen beim Slet, dem Geburtstagsfest Titos. Diese Ehre. Tito

wurde immer älter, aber sein Geburtstagsfest nannte er Tag der Jugend. Urgroßmutter fragte mich: Merima, mein Schatz, jetzt sollst du tanzen in Beograd, willst du gar Ballerina werden? Ich: Nein! Ärztin. Sie: Schlag dir aus dem Kopf, daß ich je eine Medizin von dir brauche. Sie war alt, aber sie hatte ein langes Leben vor sich –weil ich mein Leben vor mir hatte, am Tag der Jugend, dem Geburtstag des alten Tito. Verstehst du?

FRAU 1 Schau dir dem seine Füße da an! Der hat garantiert nicht tanzen können!

FRAU 2 Dann hat er anderes können. Was er wollte. Statt Ärztin zu werden, bin ich in einem fremden Land von Arzt zu Arzt – machen Sie es mir weg! Und immer: Es ist zu spät!

FRAU 1 Jetzt ist es weg.

FRAU 2 Und ich bin auch bald weg.

FRAU 1 Du willst zurück?

FRAU 2 Werde ich wohl müssen. Die Männer hier schicken doch fast alle zurück. Immerhin habe ich da was lernen dürfen.

FRAU 1 Ja, das werden wir gut brauchen können daheim! Leichenwaschen!

FRAU 2 Manche sind besser zu waschen als andere.

FRAU 1 Der da war leicht zu waschen!

Beide ab.

PETER SCHMEICHEL *wacht auf, wendet den Kopf nach rechts und links.* Wo? Was? *Setzt sich auf.* Ich bin ja ganz naß! Fieber? Achmed! Achmed! *Er springt vom Bett, springt in die Wanne hinein, steht mit den Füßen in der Wanne, schaut, die Arme wie Flügel seitlich hebend, erstaunt an sich hinunter.*

ACHMED *eintretend.* Monsieur?
PETER SCHMEICHEL Es ist – kalt.

18. Szene

Fußgängerzone. Ein Straßencafé. Ein Laden, in dessen Auslage Dutzende Fernsehapparate aufeinandergestellt sind. Auf allen Bildschirmen dasselbe Programm: Schmeichel als Redner. Auf dem Platz sitzt ein Bettler auf einem Karton, vor sich einen Joghurt-Becher und ein Schild mit der Bitte um eine Spende. Es regnet.

Ein blinder Mann mit gelber Blindenschleife und einem Blindenhund durchquert die Szene. Ein zweiter Blinder tritt auf, ein dritter. Blinde Frauen, blinde Jugendliche und Kinder. Zum Teil mit Hunden, zum Teil mit Blindenstöcken. Immer mehr Blinde. Der Platz ist bevölkert von Blinden. Einen Moment lang entsteht der Eindruck, als würden sich alle Blinden vor der Auslage mit den Fernsehgeräten, die Schmeichel zeigen, versammeln, zuschauen. Blindenstöcke schlagen gegen die Auslagenscheibe. Blindenhunde stehen vor der Auslage in Reih und Glied. Das löst sich rasch wieder auf, die Blinden nach und nach ab. Aber in der Folge durchqueren immer wieder Blinde den Platz. Laudrup und Frank im Straßencafé.

TORBEN FRANK Haben sie dich noch im Visier?

BRIAN LAUDRUP Ich glaube nicht. Sie haben mich immer wieder verhört. Ich habe gesagt, daß ich eine Reportage über AIDS-Kranke im letzten Stadium schreiben will. Was immer sie gefragt haben – ich habe nichts anderes gesagt. Ich bin Journalist. Sie hatten keine Handhabe.

TORBEN FRANK Und sie haben dich nicht –

BRIAN LAUDRUP Nein. Es war alles korrekt. Und dann mußten sie mich gehen lassen. *Gibt der Kellnerin ein Zeichen.* Wie geht es Morten? Warst du wieder bei ihm?

TORBEN FRANK Es geht ihm besser. Aber er wird –

BRIAN LAUDRUP – behindert bleiben?

TORBEN FRANK Ja. Wahrscheinlich.

BRIAN LAUDRUP –

TORBEN FRANK Unten im Süden hört der Regen nicht auf, das Land geht buchstäblich unter. Helsingör wird schon evakuiert.

BRIAN LAUDRUP Was machen deine Recherchen? Was hast du herausbekommen über die Schutz-Staffel?

TORBEN FRANK Laß uns in ein anderes Lokal gehen. Ich mag das da nicht. Das Blindenheim da vorn, all die Blinden hier, es macht mich depressiv.

BRIAN LAUDRUP Das ganze Land macht mich depressiv, der ganze Kontinent – wo soll ich hingehen? Was hast du herausgefunden? *Gibt der Kellnerin ein Zeichen.*

TORBEN FRANK Komm, laß uns gehen. Die Kellnerin kommt ohnehin nicht.

BRIAN LAUDRUP Seit einer halben Stunde – *schreit* – versuche ich, etwas zu bestellen – Sie da! Und Sie! Sie finden das richtig? Ja? Sie rufen »Entschuldigung!«, wenn Sie etwas bestellen wollen, und Sie sagen »Danke vielmals!«, wenn Sie es irgendwann bekommen? Wofür –

TORBEN FRANK Brian!

BRIAN LAUDRUP Man kann ja heute in keinem Café mehr sitzen, ohne daß ununterbrochen irgendwer

Entschuldigung ruft, wenn er die Bedienung meint! Wofür entschuldigen Sie sich? Untertanen! Wenn Sie schon zur Freiheit nicht fähig sind, dann seien Sie wenigstens im Konsum selbstbewußt! He! Sie!

TORBEN FRANK Beruhige dich!

BRIAN LAUDRUP Ich bin jetzt achtundvierzig Stunden in einer Zelle gesessen. Und ich bin auch gesessen wegen dieser Kellnerin.

TORBEN FRANK Nein, wegen dir allein. Wegen einer Schnapsidee.

BRIAN LAUDRUP Wegen allen da. Steh auf und ohrfeige den Nächstbesten – du erwischst keinen Unschuldigen.

TORBEN FRANK Ich bin der Nächstbeste! Laß uns gehen!

BRIAN LAUDRUP Gehen? Oder Laufen? Man kann mitlaufen und trotzdem sitzen – schau dich um! Siehst du das nicht?

Der alte Mann, die Frau, die beiden Kinder treten auf, überqueren den Platz, schauen zu Laudrup hin.

TORBEN FRANK Hör zu. Wir haben gestern in der Redaktion lange diskutiert. Es gibt vielleicht Möglichkeiten, die Zeitschrift zu retten.

BRIAN LAUDRUP Nur die Zeitschrift? Das Feigenblatt ist welk. Und viel zu klein.

TORBEN FRANK Du willst unser Blatt kampflos aufgeben?

BRIAN LAUDRUP Nicht kampflos. Aber man muß mehr retten als nur die »Agora«. Weißt du, es ist, als hätte die Erde aufgehört, sich zu drehen, weil die Sonnenscheibe steckengeblieben ist – in einem viel zu kleinen Schlitz am Horizont. Sie schlüpft nicht durch, so kann es nicht Morgen werden. Nur ein wenig blutrotes Licht fließt vom Scheitel der stekkengebliebenen Sonne über das Land, und der Morgennebel stinkt, weil er verfault. Wir müssen die Wunde vergrößern, sie muß klaffen. *Winkt der Kellnerin.*

TORBEN FRANK Du denkst noch immer daran, ihn – vergiß es, bitte, vergiß es.

BRIAN LAUDRUP *während der alte Mann, die Frau, die Kinder vorbeigehen. Die Kinder, tänzelnd, singen »Der Strom hat Schnellen / der Strom hat Gischt / aus zwei wird eins / und eins zerbricht«. Der alte Mann, die Frau, die beiden Kinder ab.* Warum sagst du immer »Vergiß es!«, Vergessen ist nicht die Erlösung. Vergessen ist Staatsräson.

TORBEN FRANK Du bist ein Romantiker! Du glaubst, daß ein Mann allein die Geschichte verändern kann. Glaubst du das wirklich?

BRIAN LAUDRUP Ja. Wenn es sein muß.

TORBEN FRANK Vergiß es! Nein – erinnere dich: Die Macht verkörpert sich in einer Person, aber die Macht ist keine Person! Schau dorthin, in die Auslage! Schmeichel in allen Kanälen. Wenn du ihn tötest – du würdest sofort Zeuge seiner Wiederauferstehung werden. Er wird sofort wieder im Fernsehen reden. Er wird in allen Schlagzeilen stehen, von den Titelseiten aller Zeitschriften lachen, dich auslachen. Im Radio wirst du ihn reden hören. Und bei der Wahl werden die Menschen ihn wählen. Sie wählen den Toten, weil es in den Medien keinen Tod gibt, der identisch ist mit dem physischen Tod. Und seine Partei, sein Programm wird regieren.

BRIAN LAUDRUP Ja. Nein. Kannst du dich erinnern, als der Präsident der Industriellenvereinigung ermordet wurde – wann war das? 1976?

TORBEN FRANK Ich glaube 1977.

BRIAN LAUDRUP Wir haben sympathisiert. Irgendwie.

TORBEN FRANK Ja. Es war falsch.

BRIAN LAUDRUP Völlig falsch. Das haben wir gelernt: Es war der falsche Mann.

TORBEN FRANK Es war falsch. Notstandsgesetze, Berufsverbote, Überwachungsstaat – alles, was du morgen von Schmeichel befürchtest, haben damals die Sozialdemokraten wegen dieses Attentats durchgesetzt. Es ist Geschichte. Und die Lehre daraus ist –

BRIAN LAUDRUP Daß man die Bilder zerstören muß, nicht den Menschen. Du hast vielleicht recht. Das wäre höchstens Sachbeschädigung, nicht Mord. Nur: Wie kann ich die Bilder zerstören? Wie? *Er steht auf, schaut zu der Auslage mit den Fernsehapparaten.* Bilder abknallen? *Streckt die Rechte aus, stützt den Ellenbogen mit der Linken ab, fingiert mit der rechten Hand, mit ausgestrecktem Zeigefinger und aufgestelltem Daumen, eine Pistole.* Es flimmert, und soll doch strahlen, das Universum – *macht zwei Schritte auf die Auslage zu, die Hand vorgestreckt, als hätte er eine Waffe angelegt.* Die Sendung Universum, unter dem Astronautenmond. Peng! *Von zwei anderen Tischen springen drei Männer auf, überwältigen Laudrup, reißen ihn zu Boden, legen ihm Handschellen an.*

TORBEN FRANK *springt auf, beugt sich zu Laudrup hinunter, schreit.* Den Stecker, du Idiot! Nicht schießen! Den Stecker rausziehen! *Er wird weggedrängt. Leiser, zu sich.* Wenn es den Stecker überhaupt gibt!? *Schreit.* Er hat doch nur mit dem Finger, mit einem Finger –

Die Männer mit Laudrup ab. Frank läuft hinterher.

EINE ELEGANTE DAME *tritt auf, geht auf den Bettler zu und versetzt dem Spendenbecher einen Fußtritt. Der Mann erschrickt, die wenigen kleinen Münzen kollern über den Platz, die Dame geht weiter. Ab. Der Bettler hüpft und kriecht herum, um die Münzen wieder einzusammeln, wobei er ab und zu von Blindenstöcken, die die Blinden vor sich her schwenken, getroffen wird. Keiner der Passanten oder der Gäste im Café kümmert sich um den Vorfall.*

19. Szene

Flemming Povlsen, Hanni Vilfort.
Sie treten auf, schlendern über den Platz, setzen sich an einen Tisch des Straßencafés.

FLEMMING POVLSEN Hier bin ich gern. Kaffee trinken. Abschalten. Es ist, als wäre mein Kopf vom Körper abgetrennt, er rollt hier herum wie ein Ball, und mein Augenlicht erhellt die Finsternis.

HANNI VILFORT Warum?

FLEMMING POVLSEN Das Blindenheim dort vorn!

HANNI VILFORT Du meinst, hier wirst du nicht erkannt.

FLEMMING POVLSEN Doch. Sie erkennen meine Stimme. Sie lieben mich. Als ich studiert habe, habe ich Jean-Paul Sartre über alle Maßen bewundert. Mehr als die Beatles, verstehst du? Wenn mich damals eine Fee gefragt hätte, willst du Sartre sein oder de Gaulle – ich hätte gesagt Sartre. Hätte, hätte, ich habe es gesagt. Aber die Fee hat versagt, ich bin heute Kanzler – eines kleinen Landes, so klein, daß jeder Dichter größer ist als der Regierungschef. Das allerdings war bei Sartre und de Gaulle nicht ausgemacht. Das war ein Titanenkampf. Der eine hat die Nation gerettet, der andere, im Widerspruch dazu, ihren Geist. Ich habe Wirtschaft studiert. Wenn mein Vater nicht gewesen wäre, hätte ich Philosophie studiert – vielleicht wäre ich heute ein Gärtner und glücklich. Dann könnte ich heute zu dir sagen: Ich will dir beibringen, einem Kaktus beim

Wachsen zuzuschauen. Wenn du das kannst, kennst du das Geheimnis des Glücks. Ich will es mit dir teilen. Was wollte ich sagen? Ja. Sartre wurde blind. Da erschien dieses große Interview mit Sartre im »Speijl«. Wo er den Satz sagt: »Auch wenn ich heute nicht blind wäre, wäre die Welt dunkel.« Ich habe geweint. Der Mann des Buches, der Schrift – blind. Die Welt dunkel. Ich war Anfang Zwanzig, ich habe so sehr geweint, daß sich meine Augen entzündet haben. Seither brauche ich eine Brille.

HANNI VILFORT Aber du hast ja keine Brille.

FLEMMING POVLSEN Ich trage sie nicht.

HANNI VILFORT Wer die Tanzenden nicht sieht, hält sie nicht für verrückt.

FLEMMING POVLSEN Nur wer die Musik nicht hört, hält die Tanzenden für verrückt.

HANNI VILFORT Hörst du sie?

FLEMMING POVLSEN Ich halte mir die Ohren zu.

HANNI VILFORT Dann kann ich dir ja Folgendes sagen: Ich weiß nicht, ob du mich liebst oder ob du nur den Gedanken liebst, endlich wieder zu lieben. So oder so, ich kann nicht akzeptieren, daß du, kurz vor einer Wahl, alles davon abhängig machst, ob ich zu dir ja sage. Das ist unernst, auch wenn du es ernst meinst. Du bist kein übergewichtiger Berufschüler mit Teiggesicht, der sich mit der Frisur eines Fußballspielers oder der überweiten Jeans von einem Rapper besser fühlt, als er ist. Du bist keine Supermarktkassiererin, die glaubt, wenn sie ein Piercing im Nasenflügel hat, riechen andere ihren Achselschweiß nicht. Diese Menschen sind Opfer. Idioten, aber Opfer. Du bist der Kanzler. Du kannst nicht im

Ernst glauben, alles ist besser, wenn du dir mein Ja an die Brust heften kannst, oder sonst wohin. Nur das, und dein Glück im Unglück wäre perfekt.

FLEMMING POVLSEN *winkt der Kellnerin.*

HANNI VILFORT Sie sieht dich nicht.

FLEMMING POVLSEN Ich frage mich doch nur: Was ist das Meine? Das Amt ist es nicht. Was ist mein kleiner Teil in dieser Welt? Ich fühl mich mit dir so wohl – keine Phrasen, keine Lügen. Mit dir bin ich zurück in der Realität. Nein, eben nicht Realität. Wie kann man das Wahre nennen, auch wenn es nicht Realität ist?

HANNI VILFORT Das Wahre. Was meinst du?

FLEMMING POVLSEN Die Realität. Früher waren Phrasen der Small-Talk der Müßigen, heute ersetzen sie sogar die produktive Arbeit. Ich treffe nur noch Menschen, die mir sagen, was sie glauben, das ich hören will. Aber das Schlimmste ist: Sie erwarten, daß auch ich sage, was sie hören wollen. Und ich sage es. Unlängst dachte ich: Im Grunde sind doch alle unsere Sätze nur Antworten auf die Frage künftiger Generationen: Wie habt ihr damals gedacht? Und dann stellte ich mir vor, daß unsere Enkel und Urenkel einmal vor einer großen Wand stehen werden, auf der sie alle unsere Sätze lesen können.

HANNI VILFORT Und dann?

FLEMMING POVLSEN Ich habe mich geschämt.

HANNI VILFORT Dann sag endlich –

FLEMMING POVLSEN Ja. – He! Adam!

HANNI VILFORT – was du sagen mußt!

Ein blinder Mann, der vorbeigeht, bleibt stehen, wendet sich langsam in Richtung Flemming Povlsen.

FLEMMING POVLSEN Adam! Hier! Hier bin ich!
Der blinde Mann kommt näher, Povlsen steht auf, nimmt ihn am Arm, leitet ihn zum Tisch.

DER BLINDE MANN Flemming! Herr Kanzler! Was machst du hier? Hast du nichts zu tun?

FLEMMING POVLSEN *nimmt die Hand des Blinden, führt sie zum Gesicht von Hanni Vilfort.* Adam, das ist Hanna. Hanna: Adam!

HANNI VILFORT Guten Tag!

DER BLINDE MANN Die Tage sind gut, Hanna. Nur bei Nacht, da macht mir Flemming Sorgen.

FLEMMING POVLSEN Wieso? Mach ich dir Sorgen?

DER BLINDE MANN Da erscheint er mir im Schlaf und zieht mich an den Ohren. Letzte Nacht wieder. Kommt und zieht mich einfach an den Ohren.

FLEMMING POVLSEN Das ist doch schrecklich! Ein Alptraum!

DER BLINDE MANN An den Ohren! Das ist so komisch! *Lacht.*

20. Szene

Eine Privatklinik. Davor zwei schwarze Limousinen. Vor dem Eingang der Klinik stehen zwei Männer in Chauffeuruniformen und rauchen.

MANN 1 Verkehrte Welt.

MANN 2 *nickt.*

MANN 1 Ich wollte mich krank schreiben lassen – sagt der Chef: Unmöglich. Nicht im Wahlkampf.

MANN 2 Kenn ich. Erhöhter Bedarf! – Hab ich gesagt: Ja, den hab ich. Nach einer Kur.

MANN 1 Ich müßte ins Krankenhaus. Jetzt steh ich vor dem Krankenhaus, und der Chef liegt drinnen.

MANN 1 Auch Bandscheiben?

MANN 1 Wär es ein Wunder? Gestern fünfhundert Kilometer.

MANN 2 *nickt.* Und Gas geben kannst ja nicht, bei dem Hochwasser.

MANN 1 Der Schmeichel macht das mit dem Helikopter. Und der Meinige fährt mit dem Auto hinterher.

MANN 2 *nickt.*

MANN 1 Gestern abend, zu Hause, wollte ich mir eine Flasche Wein aufmachen. Der Korken wollte und wollte nicht raus. Ich, die Flasche zwischen den Knien, denk mir: So! Du Hund! Dann war er draußen. Keinen Schluck habe ich getrunken!

MANN 1 Hexenschuß?

MANN 1 Bingo. Ich konnte mich nicht mehr aufrichten. Zwei Voltaren und ins Bett. In der Früh war ich ein Krüppel. Noch einmal zwei Tabletten, klingelt schon das Handy: Ich soll mit dem Meinigen sofort in die Klinik. Sag ich: Gute Idee.

MANN I Was hat er denn?

MANN I Blutdruck. Viel zu hoch. Ein Gesicht hat er gehabt, rot wie die Parteifahne. Und der Deinige?

MANN 2 *lacht.* Auch Blutdruck. Aber zu niedrig. Der Mann ist so kalt, daß der Blutkreislauf manchmal einfriert.

MANN I Wenn jetzt was passiert!

MANN I Was soll denn noch passieren?

MANN I Ich mein ja nur. Kanzler und Vizekanzler gleichzeitig im Spital.

MANN I Weiß ja keiner.

MANN I Weißt du es?

MANN I Glaubst du, die liegen im selben Zimmer? Bett an Bett? *Lacht.*

MANN I Mit Schläuchen verbunden! Bis sie gemeinsam einen Mittelwert haben. *Lacht, hustet, wirft die Zigarette weg.*

MANN I Die Schläuche würde mein Chef durchschneiden.

MANN I Oder der Schmeichel. Wenn der wüßte!

MANN I Der weiß, mein Freund, der weiß. Der schneidet und sägt und schaltet schon seit Tagen. Keine Intensivstation kann diese Koalition mehr retten. Da kannst du Gift drauf nehmen. Gestern habe ich den Vizekanzler gefahren, er hat hinten die ganze Zeit telefoniert. Also, da habe ich mir schon gedacht –

MANN I Was hast du denn gehört?

MANN 2 Ich müßte lügen. Aber da hätte ich schon zuviel verraten.

MANN 1 Was wird schon sein.

MANN 2 Zeit für eine Kur, das wird sein. Und dann neue Dienstwagen.

MANN 1 Schlecht?

MANN 2 *achselzuckend.* Politik. Wir werden immer den Kanzler und den Vizekanzler fahren. Nur die Namen ändern sich.

MANN 1 Eigentlich mag ich den Meinigen. Weißt du, was er gestern gesagt hat?

MANN 2 Was denn?

MANN 1 Er raucht ja eine nach der anderen. Gestern, wie er sich hinten wieder eine anzündet, seh ich zufällig im Rückspiegel, wie er so raufschaut, dann sagt er: Der Himmel ist schon ganz gelb.

MANN 2 Der Himmel?

MANN 1 *lacht.* Vom Wagen.

21. Szene

Schmeichel, Møller Nielssen, Achmed, Polizisten, Laudrup bei Schmeichel.

MØLLER NIELSSEN Im Zuge der Observierung ist das Objekt – sprich: Subjekt – wieder auffällig geworden. Mußte arretiert werden. Einerseits: Alles klar. Der Mann plant ein Attentat. Andererseits: Handhabe Null.

PETER SCHMEICHEL Handhabe! Bekomme ich ihn in die Hände oder nicht?

MØLLER NIELSSEN Legal – unmöglich. Ja, ja, Herr Parteiobmann! Ja – er wird von meinen Männern soeben herverbracht. Müßten bald hier sein. Bitte um Anweisungen. Ich sitze in der – in den Nesseln, wenn Herr Parteiobmann nicht –

PETER SCHMEICHEL Hör zu, mein Freund. Handhabe, das ist doch völlig uninteressant. Ich will den Menschen sehen. Er will mich umbringen? Gut. Das will ich sehen. Jetzt soll er die Möglichkeit haben. Du versteckst dich hier – *geht zum Fenster, schließt die Vorhänge* – hier hinter dem Vorhang. Da kannst du alles belauschen. Und wenn er mich wirklich umzubringen versucht – na, da hättest du doch eine Handhabe. Aber zeig dich nicht zu früh. Wir machen eine Parole aus. Wenn ich sage, wenn ich sage, was sage ich? – Ein Wurm hinterläßt nur eine schmutzige Spur! Dann kommst du hervor und nimmst ihn fest.

MØLLER NIELSSEN Bitte zu bedenken – also: Eine

Parole muß sein kurz und prägnant. Da muß alles schnell gehen, aber Achtung: Kein Zweifel darf möglich sein. Sprich: Hilfe! Wenn Sie sagen Hilfe! –

ACHMED *eintretend.* Ein Mann, Monsieur! Er sagt, daß er –

PETER SCHMEICHEL Schicke ihn rein. *Zu Møller Nielssen.* Na endlich. Schnell, hinter den Vorhang. Hilfe! Also wenn ich Hilfe sage, dann – OK! Schnell!

MØLLER NIELSSEN Also Hilfe! Kein Wurm!

Møller Nielssen versteckt sich hinter dem Vorhang. Auftritt Olsen.

PETER SCHMEICHEL Kein Wurm!

LARS OLSEN Wie bitte? Olsen! Mein Name ist Lars Olsen und –

PETER SCHMEICHEL *erstaunt.* Mein lieber Abgeordneter Olsen! Was führt Sie zu mir? Sie kommen, um die Wahrheit zu sagen, ein wenig ungelegen! Ich muß! Ich habe jetzt gleich –

LARS OLSEN Ich muß mit Ihnen reden. Ich weiß, daß Sie mit Christiansen bereits die Ministerliste diskutieren – und Sie haben mich von der Liste gestrichen! Warum? Gut, ich habe Sie unlängst scharf, nun ja, nicht direkt kritisiert, einige Anmerkungen. Aber –

PETER SCHMEICHEL Aber Olsen! Kritik! Das bringt doch keinen um. Was kann ich –

ACHMED *eintretend.* Da sind noch Männer, Monsieur!

PETER SCHMEICHEL Schick sie herein. *Zu Olsen.* Schnell! Jetzt können Sie sich bewähren. *Nimmt ihn am Arm, führt ihn zum Vorhang.* Sie werden Zeuge. Verstanden: Zeuge! Ohren auf! Verhalten Sie sich ganz ruhig. *Schiebt ihn hinter den Vorhang.* Da können Sie beweisen, daß Sie –

Zwei Männer stoßen Laudrup herein.
Schmeichel adjustiert den Vorhang, wendet sich um.

MANN 1 Häftling Laudrup. Auf Befehl von Direktor Møller Niellsen.

PETER SCHMEICHEL Ist gut. Danke. Lassen Sie uns allein.

MANN 1 Und wo ist –

PETER SCHMEICHEL Da. Er ist – da – draußen, wenn Sie bitte – draußen – warten würden. *Führt sie zur Tür.* Danke. *Die beiden Polizisten ab. Schmeichel schließt die Tür. Betrachtet Laudrup. Geht um ihn herum, betrachtet ihn von allen Seiten.* So also – sieht ein Attentäter aus!

BRIAN LAUDRUP Ich seh nicht, daß Sie in den Spiegel schauen.

PETER SCHMEICHEL Laudrup! Sie wollten doch nicht einen Spiegel zerstören – sondern mich. Ich weiß –

BRIAN LAUDRUP Zerstören ist das falsche Wort.

PETER SCHMEICHEL Und das richtige wäre?

BRIAN LAUDRUP Verhindern.

PETER SCHMEICHEL Das wäre Ihr demokratisches Recht.

BRIAN LAUDRUP Mehr als das. Demokratische Notwehr. Ich stehe in Ihrem Zimmer, aber es war nicht mein Wille und meine Absicht, hierherzukommen. Draußen vor der Tür stehen zwei Polizisten. Sie haben keine Handhabe gegen mich, dennoch würden sie verhindern, daß ich einfach gehe. Was ist das? Freiheitsberaubung. Entführung. Anstiftung zum Amtsmißbrauch. Sie brechen das Gesetz, Sie beugen das Recht – wer Sie – verhindert, rettet den Rechtsstaat.

PETER SCHMEICHEL Phrasen. Linker Verfolgungswahn. Ich hätte Sie längst – wenn ich der Dämon wäre, als den Sie mich sehen – glauben Sie nicht, ich hätte Sie längst –

BRIAN LAUDRUP Wie Morten Bruun?

PETER SCHMEICHEL Kenn ich nicht. Hier sind nur Sie und ich. Also?

BRIAN LAUDRUP Wie komme ich hier raus?

PETER SCHMEICHEL Indem Sie tun, was Sie tun müssen. Bringen Sie mich um –

BRIAN LAUDRUP Dann komme ich ins Gefängnis –

PETER SCHMEICHEL Aber raus aus dem Käfig, in dem Sie sich offenbar befinden. Oder Sie gehen. Gehen Sie einfach. Niemand wird Sie aufhalten.

BRIAN LAUDRUP *blickt sich mißtrauisch um.*

PETER SCHMEICHEL Hören Sie zu, Laudrup! *Nimmt eine Mappe von der Kommode.* Ich habe hier ein umfangreiches Dossier, das eindeutig zeigt, daß Sie einen Anschlag auf mich planen. Telefongespräche. Gespräche mit Komplizen. Planungen und Vorbereitungen. Wieso habe ich das? Nun, da haben wir einen kleinen Auffassungsunterschied. Für mich erweist sich der Rechtsstaat auch darin, daß er Unrecht vereiteln kann. Für Sie aber ist der Rechtsstaat nur dann gegeben, wenn Sie unbehelligt ein Verbrechen planen können und dann, wenn Sie ertappt werden, immer noch Ihre Rechte geltend machen dürfen. Wenn wir das abstimmen lassen würden – wer würde wohl die Abstimmung gewinnen? Aber nehmen Sie doch Platz, nehmen Sie Platz! Sie sind Demokrat? Warum – und das ist eine Frage, die mich wirklich interessiert! – warum haben ausgerechnet die Radikaldemokraten immer die größten Probleme mit Demokratie?

BRIAN LAUDRUP Es wird Ihre Politik nicht ändern, wenn ich jetzt mit Ihnen diskutiere.

PETER SCHMEICHEL Der Retter der Demokratie verweigert also eine Diskussion?

BRIAN LAUDRUP Zu der ich entführt wurde.

PETER SCHMEICHEL Sie haben keine Prinzipien, Sie sind sich selbst nicht treu. Sie haben fixe Ideen. Eine fixe Idee, mein Lieber, beweist nicht, daß man einer Idee treu ist, sondern nur, daß man haltlos ist. Es ist doch so leicht, sich von Ideen zu lösen. Prinzipiell. Mein Vater hat gesagt: Die Zehn Gebote sind eine ganz gute Lebensgrundlage. Aber. Politisch gesehen: Lassen wir alle Gebote weg, die unmittelbar Gott betreffen – Gott hat in der Politik nichts verloren. Wie viele Gebote bleiben über? Na, sind wir firm? Während Sie nachrechnen: Lassen wir alle Gebote weg, die das Privatleben der Menschen betreffen – zum Beispiel ist doch politisch völlig unerheblich, ob einer begehrt seines Nächsten Weib, oder? So, wie viele Gebote bleiben über? Na? Eines: Du sollst nicht töten. Dafür haben wir das Christentum gebraucht. Ausrufezeichen. Fragezeichen. Politik ist also so ziemlich das Gegenteil von zweitausend Jahren Anstand, mit der Schnittmenge: Nicht töten. Oder? Einspruch? Hier, mein Lieber, liegt die Waffe. Sie wollen mich töten. Sie wollen die einzige Verbindung von Moral, Gesellschaft und Politik zerstören. Ihrer Demokratie zuliebe. Hier, hier liegt die geladene Waffe. Das ist Ihre Chance, Laudrup! Sie werden keine andere bekommen.

BRIAN LAUDRUP Und der Kantsche Imperativ?

PETER SCHMEICHEL Wunderbar! Ich schenke Ihnen eine warme Decke, einen Fernsehapparat und eine Lebensration Kartoffelchips. Dann können Sie leben mit Ihrem Kantschen Imperativ. Aber können Sie mir verraten, wie man, streng nach Kant, Politik machen kann – Politik! Ohne daß die Freiheit anderer eingeschränkt wird? Versuchen Sie, ein Einwanderungsgesetz oder eine Pensionsreform nach Kant zu machen! Sie würden sich erschießen! Wie gesagt, hier liegt die Waffe!

BRIAN LAUDRUP Sie sind eine Gefahr. Ich gebe zu, daß ich darüber nachgedacht habe, wie bekommen wir Sie weg. *Schmeichel deutet auf die Waffe, die auf dem Tisch liegt.* Es stehen Polizisten vor der Tür. Vielleicht steht jemand hinter dem Vorhang. Vielleicht läuft ein Tonband mit, deswegen sage ich: Die Frage war nicht Mord, sondern: Wie bekommen wir Sie weg – mit der Zustimmung Ihrer Anhänger. Das ist wichtig: Die Desillusionierung Ihrer Anhänger. Sie bedienen das Ressentiment der Ungebildeten, die Bestialität der noch Unzivilisierten. Wie, das war die Frage, wie können wir denen einen humanen Schock verpassen? Ich wußte es nicht. Ich war hilflos. Sie haben mich hergezwungen. Machtdemonstration? Verhöhnungswollust? Egal. Sie haben mir die Lösung auf einem Silbertablett serviert.

PETER SCHMEICHEL Reden?

BRIAN LAUDRUP Nein. Schießen. Aber – *nimmt die Waffe, entsichert sie, richtet sie auf Schmeichel.* Bevor Sie um Hilfe rufen – keine Angst! Hören Sie zu. Wenn ich Sie erschieße, kann ich die Freiheit, die ich gerettet habe, nicht genießen. Aber es gibt jetzt plötzlich eine Möglichkeit, Sie zu töten, ohne Sie zu verletzen, Sie zu vernichten, ohne selbst strafbar zu werden.

PETER SCHMEICHEL *steht auf, macht begütigende Handbewegungen.* Sie sollten wissen –

BRIAN LAUDRUP Bleiben Sie stehen. Ganz ruhig. Ich komme jetzt zu Ihnen. Ich werde Ihnen die Waffe geben. Aber so, daß nach kurzem Ringen die Waffe losgeht und mich verletzt. *Lacht kurz auf.* Und dann? Sie haben in Ihrem Haus einen Kontrahenten angeschossen. Sie sind nicht tot, wenn ich Sie töte. Sie sind tot, wenn ich mich selbst anschieße! *Steht auf, geht zu ihm hin, gibt ihm die Waffe, und versucht ringend, die Waffe in Schmeichels Hand abzudrücken.*

LARS OLSEN *hinter dem Vorhang.* Hilfe! He! Herbei! *Ein Schuß löst sich, Laudrup fällt nieder, Schmeichel steht mit der Waffe in der Hand da. Olsen, hinter dem Vorhang, fällt, reißt den Vorhang mit sich mit, wälzt sich theatralisch unter dem Vorhang, schüttelt den Vorhang ab.*

LARS OLSEN Oh, ich bin umgebracht! *Steht auf, blickt sich um.* Ich? Polonius? Das ist – ein schlechtes Zeichen!

MØLLER NIELSSEN Sie sind verhaftet, beziehungsweise – *blickt Schmeichel fragend an.*

PETER SCHMEICHEL Platzpatrone! Das war doch nur – seid ihr alle – ich meine – ganz ruhig! Das war doch nur eine Platzpatrone.

LARS OLSEN Habe ich mich – Verzeihung! Aber! – Habe ich mich bewährt?

MØLLER NIELSSEN Einen muß ich arretieren, sonst hab ich keine Legitimation.

PETER SCHMEICHEL Und wo ist der Kameramann?

22. Szene

Brian Laudrup, Torben Frank.
Redaktion der »Agora«.

Auf dem Videoscreen ist Claus Christiansen zu sehen, lächelnd, mit gefalteten Händen.

Laudrup und Frank verpacken die Bücher, die Ordner, den Computer, die Kaffeemaschine, das ganze Inventar in Umzugskisten. Werfen Zeitungen, Papiere, Kleinkram in Müllsäcke. Ab und zu hält einer der beiden kurz inne, um etwas zu betrachten, bevor er es einpackt oder wegwirft. Sie arbeiten schweigend. Laudrup öffnet eine Mappe, liest kurz, wirft sie in den Müllsack. Dann holt er sie wieder heraus und legt sie in eine Umzugsskiste. Geht zum Sandsack.

BRIAN LAUDRUP *schlägt wütend gegen den Sandsack.*
TORBEN FRANK Die Mitläufer sind die Täter. Und die wirst du nie treffen.
BRIAN LAUDRUP *umarmt den Sandsack.*

23. Szene

Starker Regen. Alle Figuren des Stücks auf der Bühne Sie stapeln an der Bühnenrampe Sandsäcke zu einem Damm.

Vorhang.

LARS OLSEN *tritt vor den Vorhang.* Beurteilt mich nach meinen Taten – wenn ich dran glauben kann, werdet auch ihr dran glauben müssen! Der Rest ist: Schweigt!

Robert Menasse

Die Vertreibung aus der Hölle

Roman
suhrkamp taschenbuch 3493
496 Seiten

Bei einem Klassentreffen, 25 Jahre nach dem Abitur, herrscht fröhliche Selbstzufriedenheit – bis Viktor seine Schulkollegen mit der Nazi-Vergangenheit ihrer Lehrer konfrontiert. Es kommt zu einem Eklat.
Viktor Abravanel, geboren 1955 in Wien, stammt aus einer Familie von Nazi-Opfern. Bei einem Spinoza-Kongreß soll er einen Vortrag halten über das Thema »Wer war Spinozas Lehrer?«. Diese Arbeit und die damit verbundenen Recherchen mögen ihn auf die Idee gebracht haben, beim Klassentreffen die Frage zu stellen: »Wer waren *unsere* Lehrer?«
Der Lehrer von Baruch Spinoza war der Rabbiner Samuel Manasseh ben Israel, geboren 1604 in Lissabon, der vor der Inquisition nach Amsterdam flüchtete. Die Rekonstruktion dieser Biographie und Viktors Erinnerungen an seine Schüler- und Studentenzeit zeigen verblüffende Parallelen.

»Robert Menasse, über dessen Verwandtschaft mit dem berühmten Rabbi spekuliert werden darf, ist der Rembrandt unter den deutschsprachigen Schriftstellern. Im Großformat pinselt er das Leben des Rabbis und seines vielleicht letzten Wiener Nachkommen. Das Porträt der beiden jüdischen Gelehrten, das dabei entsteht, ist ein Glücksfall literarischer Ahnenforschung.« *Die Zeit*

NF 416/1/2.04

Robert Menasse

Selige Zeiten, brüchige Welt

Roman
suhrkamp taschenbuch 2312
374 Seiten

Ein Liebesroman, ein Kriminalroman, ein philosophischer Roman, eine jüdische Familiensaga.
Leo Singer, Philosophiestudent, Sohn jüdischer Eltern, die in der Zeit des Nationalsozialismus nach Brasilien emigrierten, kehrt Anfang der 60er Jahre mit seinen Eltern nach Wien zurück. Er verliebt sich in Judith Katz. Sie soll seine Muse sein im Versuch, die Welt ein letztes Mal in ein philosophisches System zu zwingen. Judiths Tod eröffnet ihm das Geheimnis des Lebens – aber ist sie wirklich tot? Das Leben geht weiter – als erlaubt ist.
In der *Zeit* schreibt Erich Hackl: »Ein Buch, das die Welt – verändern? beeinflussen? jedenfalls beunruhigen wird. Robert Menasses Roman schildert, wie dieses Werk Leo Singers, das unsere Existenz erschüttern soll, nie zustande kommt. Und er macht das so unterhaltsam, daß man dem geglückten Buch über ein mißglücktes Buch möglichst viele Leser wünscht: 1 x Menasse, *Selige Zeiten, brüchige Welt*, bitte schnell, bitte gleich!«

NF 238/1/7.00

Robert Menasse

Sinnliche Gewißheit

Roman
suhrkamp taschenbuch 2688
329 Seiten

Die »Bar jeder Hoffnung« in São Paulo: Hier, beim Kneipier Oswald, einem Wiener, treffen sich regelmäßig deutsche und österreichische Emigranten, die redselig und zuckerrohrschnapssüchtig von ihren Erlebnissen erzählen, »so als hinge ihr Leben davon ab, daß es erzählt werden könnte«. Die Bewußtseinszustände der Trinker waren schon postmodern, als es den Begriff »Postmoderne« noch gar nicht gab. Ihre Erlebnisse und Erzählungen erweisen sich als Wiederholungen von so noch nicht Dagewesenem, sind Farcen ohne vorangegangene Tragödien, gleichsam Originalkopien. Aber kann das, was einer wirklich erlebt, eine Fälschung sein? Oder sind es die Zusammenhänge, die gefälscht sind? Süchtig sucht Roman, der Ich-Erzähler, das Authentische: in den Abenteuern mit Frauen, in Alkoholexzessen, in den Vorträgen des »Bar-Professors« Singer. Aber alles, was bleibt, ist die Gewißheit, etwas vergessen zu haben.

NF 239/1/7.00

Robert Menasse

Schubumkehr

Roman
suhrkamp taschenbuch 2694
180 Seiten

Februar 1989: Adolf König, Bürgermeister einer österreichischen Gemeinde nahe der tschechischen Grenze, durchbricht gewaltsam den Eisernen Vorhang – allerdings ungewollt, irrtümlich – und löst beinahe schwere diplomatische Verwicklungen aus.
November 1989: Die Grenze wird feierlich abmontiert. Anhand einer Vielzahl von Figuren, Schicksalen und Geschichten beschreibt *Schubumkehr* den Verlauf dieses Jahres, in dem schließlich »kein Stein mehr auf dem anderen bleiben« sollte. Im Zentrum des Geschehens steht Roman, ein Mann mittleren Alters, der nach einem längeren Aufenthalt im Ausland nach Österreich zurückkommt. Statt vertrauter Zusammenhänge erwarten ihn private Grotesken und Tragödien, statt versteinerter Verhältnisse erlebt er, wie diese zu tanzen beginnen. Er reagiert mit Regression und Entgeisterung.

NF 240/1/7.00

Robert Menasse
im Suhrkamp Verlag

Phänomenologie der Entgeisterung. Geschichte des verschwindenden Wissens. st 2389. 86 Seiten

Schubumkehr. Roman. st 2694. 180 Seiten

Selige Zeiten, brüchige Welt. Roman.
st 2312 und st 3441. 384 Seiten

Sinnliche Gewißheit. Roman. st 2688. 329 Seiten

Die Vertreibung aus der Hölle. Roman.
Gebunden und st 3493. 496 Seiten

Das war Österreich. Gesammelte Essays zum Land ohne Eigenschaften. st 3691. 464 Seiten

Die Zerstörung der Welt als Wille und Vorstellung. Frankfurter Poetikvorlesung. es 2484. 142 Seiten

NF 504/1/11.05